等路

祝福的意思 ——

洪明道

台文版　鄭順聰審訂

TÁN - LŌO

CONTENTS

目　次

台文作家、本書審定　　　　　　　　　　　鄭順聰

　　是人就有欠缺，蹛人世就有遺憾，無通十全。

　　就是按呢生，才有文學來佮你相伴，伴你燒烙的文字，慈悲的心腸，講故事予你聽。

　　當時仔咱才知，咱攏是全款的，會悲傷會歡喜，會虛微閣較愛鬧熱，對未來是茫茫渺渺，煞有淡薄仔向望，咱攏是「路竹洪小姐」。

　　寫一篇小說，說一个古錐的人，開破一項事理，含一滴目屎。

　　等路免豐沛，誠懇的心，是上好的伴手。

心陪有聲文化股份有限公司、本書有聲書製作人
**　　　　　　　　　　　　　　　　　　　余欣蓓**

　　能夠參與九歌出版社第一次台文有聲書製作，非常榮幸。帶著這份慎重的託付，我在製作過程中，不斷思考「聲音的本質」是什麼？聲音是一件非常神奇的力量，透過共振，它撥動每個人的心弦。說故事的語速、聲調，讓文字活成聲音的樣子，那是另一個宇宙。它不會被視覺框架住，它有自己的生命。

《等路》的文字非常美，在鄉土世界裡充滿人文詩意。配音上我們讓陳余寬、穆宣名兩位非常誠懇的配音員，有更多的餘裕去進入，一遍又一遍重新練習文本，不是朗讀，是把每一字每一句吞進肚子裡，再化為故事的角色說出來。

　　我們用音效取代配樂，用純人聲展演那個廣闊的聆聽世界，在「節制」中我們探索廣播劇以外，「純文學聲音電影」的可能，越簡單的越動人。如果你聽到了那個說話氛圍的中間，有那麼一點空白，那是文學的底韻，我們讓氛圍說故事，不要打擾它，直到這個故事住進我們心裡，成為我們的力量。

　　感謝九歌出版、心陪有聲、杰瑞音樂團隊全體的努力，每一秒都是團隊共同的精神所鑄造出來的聲音努力，相信這趟無憾的旅程，會是一個新世界的到來！

台語有聲書QR Code試聽

村長伯的奮鬥　Tshuan-tiúnn-peh ê hùn-tàu

虱目魚栽 Sat-bak-hî-tsai

巖仔 Giâm-á

等鷺 Tán-lōo

Siat-tsuh（シャツ）

路竹洪小姐 Lōo-tik Âng-sió-tsiá

〔推薦序〕

散發詩意的小說
—— 小序《等路》台文版

林央敏

　　戰後，台灣現代小說的語言有一條路線是在回歸真實的台灣，使作品的內涵與風格越來越能體現台灣的鄉土性和民族性。首先是自一九六〇年代下半葉起，幾位注重社會寫實的本省籍作家如鍾肇政、葉石濤、黃春明、王禎和等人的所謂「鄉土文學」或「本土文學」的作品，他們的小說承繼日治時代台灣文學的鄉土寫實傳統，並且因題材與寫實的需要，常會在對白中「飛白」，夾用一些台語詞彙或略為變裝過的台語詞彙，這種「台語入文」的現象越來越興盛，大約到一九八〇年代已經成為普遍現象，有些作品為求更加活靈活現的反映人物角色的特徵，甚至有些對白全以台語寫作，只剩

作者（或敘事者）的敘述使用中文。而這時，適逢台語文學運動興起，有些作家已經不能滿足於半調子的「台語入文」，而開始寫作包括對白與敘述全用台文的台語散文和小說了。

　　我不認識青年小說家洪明道先生，也不知他什麼時候開始文學創作，二〇一八年冬天他出版可能是他的第一本文學別集《等路》，《等路》共收錄九篇短篇小說，名義上這些作品被歸屬於中文小說，但仔細一讀，會讓人感到驚艷，驚艷於它們的語言風格和敘事手法，在語言風格方面，它已超越早期的「台語入文」，而是大量應用台語的詞彙、語句、乃至語法，使之很融洽順暢地融入中文的對白與敘述中，讀來並不覺得有何扞格之處，可見作者必定有很強的中文與台文的操控能力，這一點雙語高度融合後的中文成為《等路》的一大特色，也強化了這些小說的鄉土性與民族性。此外，散發詩意的語言也是作者的語言風格的另一特色，這一點及敘事手法稍後再談。估計這些作品應是寫於二〇一六年到二〇一八年之間，正是戰後這一波台語文學運動發展大約三十年之際，各類型的台文寫作已有相當成熟的

作品，我想作者應有受到台語文學運動及作品的深刻影響，因此也不能滿足於「中文化的台語寫作」，覺得他的這些台灣本土故事要用純粹的台語文來表現才能完整展現文學創作的真諦及效果，所以二〇二一年，他親自將《等路》「譯回」台文版加以出版。

台文版的《等路》只從中文版選擇最精采的五篇並補上一篇新作。這些小說譯回純粹的台語後，原先以精緻文體創造出來的詩意依舊在字裡行間跳躍，有些片段，作者還略加修繕，使台文版的文字譯寫得比原本的中文版更詩化，這裡只從台文版〈等鷺〉一文中小舉數例文句：

「我想起彼片茄花色的天，日頭像一粒咧關機的電腦主機抑仔，彼片光後壁有看袂著的程式咧運作。佇彼个日佮夜、海佮陸的交界，一切攏變做看袂透的雺霧。勇伯恬靜成做一欉茄藤仔。」

「彼段時間阿爸無閒插我，伊逐日攏愛共家己的影種入去田裡……」

「水路邊的人家共屎礐仔起佇咧水面。居民像美軍

咧擲炸彈，屎佇水路頂磅開，開一蕊美麗的香菇雲出來，昨昏消化了的食食像一隻艋舺駛對大海去。水面浮一沿虹，你覆佇橋頂金金看形狀萬千的曼陀羅，袂記得鼻仔當咧予糟蹋。」

「鳥仔喙若一肢手抐抐咧去觸魚仔，所以用抐這字來形容怹(in)。……怹和風走相逐，佇水面寫一逝一逝的痕落來。」

「便若暗頭仔到，勇伯心內的砂石仔就會鬆塌。」

「伊一直倚佇窗仔邊，兩粒目睭內底，有黃錦錦的落日。我看無啥明，空氣內面的稀微煞淡入我的身軀底。」

〈等鷺〉中詩化的文句不只前引這些，其他小說也或多或少可見得作者的詩人之筆，他的這支筆可說比絕大多數的小說家都勤於經營譬喻，也擅長造喻，舉凡明喻、隱喻、略喻、換喻，以及荷馬在詩體小說（史詩）中常用的「裝飾性的明喻」都有，又擅長使用動態化的描寫以製造超現實風格的詩句，感覺上比許多現代詩都更富有詩意。當然也有少部分沒譯好或沒譯出，而減弱

文字美感的地方，也許作者認為沒有如實翻譯的片段是多餘可刪的。

　　接著，我想簡述一下這些小說的敘事手法，前面談到作者擅長且大量使用譬喻，這其實已是一種需要豐富想像力才做得到和做得成功的描述法，但它並不屬一般所謂的敘事法。在小說敘事法，也就是怎樣說故事這方面，作者也和其他優秀小說家一樣，對場景、對人物、對動作，在某些地方都能夠細膩描寫，使文字讀來栩栩如生；善用也慣用跳躍銜接法安排事件和情節，中間雖然會有一些看似「伏筆」或「懸宕」的敘述沒有得到「解答」，但不影響主題，也沒讓故事的發展線索亂掉；勇於嘗試特異的敘事法，如〈村長的奮鬥〉的模擬「選戰文宣報告體」、如〈路竹洪小姐〉的仿造「電腦網路聊天室體」。此外，有幾點是作者在說故事方面的特有做法：

　　其一、通常寫作者在為自己的作品命題時，題目往往和主題有密切相關或重點所在，但洪明道的小說中，常常不直接聚焦題目，也不明示主題，甚至不是主題重點所在，只是當做引子或背景而已，整個故事的過程才

是重點。因之，在他的小說中，不少重要事物總是點到為止，要說不說，像寫詩那樣，讓讀者自行感受主題，擴大讀者的詮釋空間。

　　其二、作者在安排或敘述情節時，似乎有意讓人對「下一步」感到意外，尤其講到故事終了時，似乎有意使結尾平淡化，這與在結尾處喜歡製造驚異效果的歐‧亨利[1]剛好相反，但也是一種意外，算是反向的「歐‧亨利式結尾」吧。

　　其三、側寫技巧的運用。筆者所謂「側寫」是指「寫彼示此」的寫法，即表面寫彼事物，實際是暗示此事物，我曾稱這種敘述技巧叫「小說描述的旁敲側擊法」，會比針對該事物的直接正面描寫更深刻，也更「美麗」動人。這種技巧的難度較高，因此比較少見，荷塔慕勒（Herta Müller）算是此中老手，可喜的是，作者洪明道也頗有側寫能力，比如：「寫字時，伊面路仔的影會特別深，手蹄仔的影共字的出路攏閘咧」（引自〈Siat-tsuh（シャツ））〉）是側寫光源的方位，間接反映角色的性格。再如：「恁逐日去海坉仔報到，時間化做肉粽角頂頭的薰屎」（引自〈虱目魚栽〉）是側寫

在定點安度光陰。他的小說敘述有不少屬於精準側寫的文字，而稍可惜的是，有些不錯的側寫，他在**翻譯**做台文時被改成單調的「正寫」了。

　　以上是洪明道小說集台文版《等路》的幾個較重要的特點，本文只能做簡短序說，沒有餘裕與篇幅來詳細舉例說明，我相信只要讀者耐心細讀，一定可以看到這些特點，同時欣賞到台語小說的鄉土寫實之美。

　　　　　　　　　── 二〇二一年七月六日完稿於
　　　　　　　　　　新竹尖石北得拉曼山谷

1　歐・亨利（O. Henry, 1862-1910），本名威廉・西德尼・波特
　　（William Sydney Porter），美國小說家。

村長伯的奮鬥
Tshuan-tiúnn-peh ê hùn-tàu

　　各位鄉親逐家好，相信逐家加加減減熟似咱溪東村的村長伯仔，毋免我加介紹。毋過，也就是因為逐家對村長伯傷過了解，攏村長伯仔、村長伯仔按呢共叫，才有我寫這份傳單的必要。是tih，村長伯仔欲出來選本屆的鄉長囉，將來咱就愛叫伊鄉長伯liooh。

　　村長伯仔用人唯才，目色真好，這件代誌眾人知。所以村長伯仔毋才會當佇咱這个地方徛起¹遮濟年。小弟不才，予村長伯仔相著，愛我攑筆共伊一生的傳奇寫落來。轉來竹村這幾冬，我蹛佇街仔尾阮爸母的厝lìn，無田地通種，也無工場的頭路通食，罕得出門和鄉親盤撋²交陪。我守踮房間內規日想空想縫，頭殼激甲強欲破的時陣就齧（khè）瓜子，一盤瓜子齧欲了矣看變有魍無。

　　就佇我欲共規袋仔的瓜子殼扛去摒的時，村長伯仔拄佇咧走揣人才，予小弟這个機會，小弟的心內感激甲。

　　村長伯仔講，伊無想欲膨風，嘛無想欲全講伊的政績、過去做過啥。伊愛佮其他候選人的形象無全，欲像掛佇伊競選總部的牌匾「君子之德」全款，天何言哉？伊欲親像風，有聲無影，骨力拍拚做予逐家看。

　　自按呢，小弟傍村長的福氣逐工綴佇伊尻川後，攏總半冬矣，也就是六個月。伊請我寫一本手摺簿仔³，記錄伊的性地、無人知影的彼面，上好是伊家己嘛無發現的代誌。競選期間伊愛我綴佇伊身軀邊，踅市場走基層、全鄉行透透，透過一日二十四小時的近身觀察，閣有幾若个唚酒剖心肝的暗暝，共逐家手頭這本小小的簿仔孵出來（pū--tshut-lâi）。

　　我共手摺簿仔交予村長伯仔眼過了後，講袂緊張是騙人的。踮伊咧讀的時，我的目睭離袂開伊的目眉，伊的目眉有時可比蟲仔去拄著曆鳥仔勼勼做伙，有時閣掠坦直。村長伯仔共簿仔合起來，吐大氣，慢慢仔講，就按呢。仝時陣，我嘛向望鄉親佮意這本冊，望鄉親看完

了後，逐家毋但只是叫伊村長伯仔，通真真正正了解伊這个人。

　　和其他候選人仝款，村長伯是在鄉子弟，佇遮落塗佇遮大漢。除了出外讀冊彼幾年，伊毋捌離過咱庄頭一跤步，在地的大細項代誌無彼伊毋捌的。欲研究代誌愛按根本開始，欲研究一个人嘛是。村長伯仔生佇本庄大富戶黃家，個阿爸黃大水早早佇日本時代就hőng重用。佇咱遮有一句講：「會到得海岸，袂出得黃家田岸」。這句話的意思是講黃家遐好額[4]，毋是漚梨仔假蘋果，個是正港的大好額人。佇日本時代，個就佇洋樓埕斗[5]的弓蕉樹跤鬥現代的馬桶囉。

　　以早有一个主持選美節目的阿舍，見若來到眾人頭前攏穿金絲se-bí-looh，金光閃閃激身穿。佇節目頂懸，伊共眾人展講個厝內的馬桶是正金仔鏨[6]的。「關鍵時刻」（kuan-kiān-sî-khik）「流言追追追」這款節目，定定做這个阿舍一生起起落落的故事，拄好予村長伯仔轉（tsuān）台時看著。村長伯仔癮看這款節目來予腹內有底。看完了後，伊煞懷念彼个伊毋捌看過的日本時代的便所。安佇有魚池的埕斗的寮仔內，是偌爾暢

的一件代誌，伊按呢來話仙。

古早時的某一日，炸彈對天頂輾（lìn）落，佇水
龜圳的田溝爆炸。炸彈皮一塊彈著國校的禮堂，一塊彈
著隔壁庄的田地，彼當時田主閣要求咱庄頭愛賠償咧。
講著賭的彼塊炸彈皮，無拄好捙[7]入來咱黃家的埕斗，
牢佇咧馬桶頂頭。可憐的抽水馬桶冤枉受害，和敵人做
伙死死碎碎去、英勇犧牲，真正是火燒山拖累猴。紲落
來，村長伯閣講彼咧馬桶的代誌講欲三四點鐘，以下就
閬過無寫囉。

黃家的厝宅紅磚白瓦，秀面雕花，二樓有石柱圍起
來。自村長伯仔捌代誌以來，和伊平大的囡兒序小攏
睏佇二樓。睏一樓的黃大水不時咧唸講暗時定定聽著
天篷[8]傳來iaunn-iaunn-叫的囡仔聲。經過政府這幾年土
地改革，本鄉罕得有失收，農民佇家己的土地頂作穡。
遮的粟仔攏捌送來黃大水的米店過，予精光[9]的黃大水
分伻[10]，庄仔內的頭喙閣較濟嘛攏分有著米通食。彼是
一个無sak-khuh[11]的純真年代，黃大水一个某二个細姨
攏總三房，生囡幾若十个，飯欲食是有夠，但是蹛的空
間無夠。伊姑不而將倩人[12]用石棉仔瓦共原本的埕斗崁

起來，加搭兩條護龍。假山假水擛平、松仔樹仔剉了
了，水池仔內飼的錦鯉hőng捔去飯桌仔頂，留賰一排
溝仔，予使用人洗衫洗褲。

　　村長伯仔個老母，阮攏叫伊老夫人，是黃大水的二
房。當初拄落塗的村長伯的臍予轉（tńg）落來了後，
煞無馬桶，癩瘹[13]物仔無地去。只好將老夫人的血水用
白鐵仔面盆戽出去，流踮石枋頂頭順溝仔去，變做附近
田地的肥底。村長伯的頭一聲哭是真響，可比运的偉大
的人物，這聲哭袂輸咧宣布伊一生的開始，屎屎尿尿之
間的一生。哭聲反牆仔邊的木瓜欉過，村民攏聽著矣。
個圍佇洋樓外口，想欲看覓黃家敢會親像預言全款生奇
怪的囡仔出來。

　　聽村長伯仔的奶母講，拄出世伊尻川頓[14]頂頭就有
彼塊烏斑，伊絕對袂記冊著去。村長伯的奶母這馬閣
活咧，是本庄歲壽上長的老大人，便若重陽（Tiông-
iông）就有長官親手來送紅包，濟有一千較少嘛有五
百。伊就蹛佇機車行隔壁，庄內逐台oo-tóo-bái的塗崁
全寫個車行的名，佇遮就閬過無寫囉。見擺選舉，奶母
一定支持村長伯，無論是選代表、農會理事，伊攏認明

彼个自細看甲大漢的面模仔，無第二句話印仔就共頓落去。頂回奶母去成大病院開刀換關節，伊共村長伯仔投，病院竟然講愛等個外月才會得開刀，等甲彼陣就袂行路矣啦？村長伯仔共議員講，議員共助理講，助理敲電話予病院，就按呢提早換一副全新的關節轉來。跔（ku）落去，馬上就會用得跍起來。村長伯辦代誌，若親像這副新點點的關節遐爾仔有力。

奶母那講那指（kí），彼當時伊共猶是紅嬰仔的村長伯仔換尿苴仔[15]，尻川頓就有彼塊烏斑矣。烏斑像蜘蟲（bīn-thâng）共尻川頓咬牢咧，掰嘛掰袂走，鑢嘛鑢袂起來。彼塊烏斑若像墨汁遐爾烏，邊仔霧霧，圓圓一丸，兩爿攏吐一个角出來，若像一隻虎。老長工想講可能是沐（bak）著塗炭，用面布共拭，閣去挽青草用燒水落去燃（hiânn）來洗，全予烏斑拍敗。伊抱村長伯仔去予人驗烏斑，有人講：「我看若有成胡蠅[16]。」但是奶母堅持彼是虎。

這个記號綴伊一世人，想袂到有一工會予人講話。佇這斗的選舉當中，有人放風聲講村長伯仔走江湖開筊間[17]，閣講村長伯創選舉筊盤趁袂少錢，庄仔內的

KTV嘛是村長伯仔佇咧貿（bāu）。證據就佇伊身軀有刺龍刺鳳，閣有遮个場所的股東名單。我原本當做這款畫烏擦白、黜臭[18] 放紙虎的步數佇咱這个時代已經無效矣，一直到這擺才看清認明。根據親眼所見，四界位抾來的人證物證，我會當百分之百掛保證，向王爺咒誓，村長伯身軀頂彼跡絕對毋是刺字。

　　伊毋知個家族的咒讖[19]。

　　競選khǎng-páng（看板）、廣告傳單通常攏寫候選人讀冊讀甲偌懸拄偌懸，一堆美國、澳洲的碩士，台大寫出來嘛真有派頭。大部分的人攏希望家己或者是囝兒會當讀甲彼款坎站[20]，自然就佮意這款的候選人，佇咱庄跤也一模一樣。毋過講著才調，村長伯仔毋是規家族仔上好的，準講學歷伊也毋是上懸的。黃家學歷上懸的就是黃大水，伊佇日本時代就讀台北帝國大學，出業回鄉無偌久，又閣去九州讀博士。村長伯家己也承認，個阿爸定定感慨一代較輸一代，當年家己二十外歲就提著學位轉來縣政府做技正，服務農民通水圳，為何序細無一个會當和伊相比並的？伊水圳的工程一下做煞，按山跤迵海尾像食軟便藥仔順順順，本鄉就罕得做大水

矣。村長伯講，個阿爸就是遮爾雜唸，直直講彼當時仔有偌奢颺[21]拄偌奢颺，就算倒佇病床矣，猶原咧話遐的代誌。現此時，鄉親已經將黃家頂一代的事業袂記得一半去矣，咱島民帶歷史失憶症，佇遮有必要閣再提起。

　　就算和個阿爸有扴膏[22]，村長伯仔骨力拍拚，欲展才調予阿爸看，也予鄉親看。伊認真巴結[23]閣肯做，若是出車禍、地界撨袂好勢，村長伯仔隨call隨到。結婚生囝喪事、紅白帖仔陪綴[24]，村長伯伴咱行人生的每一段路途。準做透風落雨，無論好天歹天，村長伯仔攏無咧歇睏，好比7-ELEVEN。

　　佇一个大炎日，村長伯毛隊掃街拜票，庄仔內行透透，強欲無所在通去。村長伯仔煞堅持欲向無人的田岸行。伊講莫干焦去人較濟、票好摸的街市，田庄袂用得閣過，無定著會去拄著「豪華農舍」，siáng知咧？規个競選團隊佇田中央行半點鐘，攏咧數想（siàu-siūnn）活動煞了後的彼粒雞腿便當。連白助理，村長伯伊上婿的助理，跤指頭仔嘛膨疱矣。但是村長伯無來放棄，回頭共散形的隊伍贊聲勢，咱袂用得遮爾簡單就予人拍敗。伊攑家己的競選旗仔起來，佇臭臊味的風中

tah-tah-響，彼當時，伊可比身騎白馬、指頭仔比對天
頂去的拿破崙。阮的精神總轉來矣，踏佇田岸仔路的跤
步是愈來愈輕，親像咧行軍的馬蹄聲。

有心拍石石成穿（tshng），阮佇花菜田邊仔揣著
敢若是豬牢的磚仔厝。村長伯拍頭陣，阮全部的人攏感
受著村長伯仔的決心，規條路踏破真濟螺仔殼，彼是金
寶螺的螺仔殼。等阮其他的人攏排陣排好勢了後，村長
伯仔就向前行去捙門。門拍開，是一个曲痀[25]的oo-jí-
sáng。就算躊踛躊踛誠久，阮攏料想袂到佇這款所在，有
躊一口灶。

拄好彼工村長伯仔有倩一个地方報的記者做伙，這
機會有影難得。村長伯共帽仔遛（liù）起來，共手伸
出去，咧等老翁仔某來握手。佢拄好咧食中晝，頓烏斑
的飯桌頂迣[26]（tshāi）一鍋濁濁的湯，看起來敢若冷凍
過閣燫[27]（thīng）幾若改，兩三粒爛糊糊的菜頭浮頭，
賰骨頭仔規塊好好沉底。oo-jí-sáng坐踮椅條，穿一領
白色內衫，彼是伊全身軀唯一齊嶄的所在。可能是阮共
伊皇帝大的食飯心情攪擾著，閣按怎講oo-jí-sáng也毋
肯佮村長伯握手。另外彼个oo-bá-sán袂振袂動，目睭

皮垂垂看這陣青磅白磅[28]從入來的人。

　　—— 各位鄉親逐家好，咱鄉長候選人來到遮，欲共逐家請安問好。

　　白助理攑放送頭，講是講「逐家」，其實就是講頭前這兩个。oo-jí-sáng也真袂曉做人，一般來講，佇街仔頭抑是市場，彼候選人向眾人攕手，逐家自然就會攕倒轉去。老百姓毋是逐工攏有法度拄著做官的，準若是對頭的候選人，加減猶是會微微仔笑一下。閣再講，民主政治哪有對頭這款代誌，逐家只是意見無相搭，互相競爭爾爾。

　　一陣人共oo-jí-sáng圍甲密密密。外口日頭是赤焱焱，光線干焦會當對一排一排的磚仔條迵過來，五花十色的競選神仔佇曆lìn看來是殕殕殕。曆lìn另外一頭是磚仔角疊起來的大灶，灶台頂添一台gá-suh爐，邊仔角的甕開喙向天無聲喝咻。負責文化的幕僚心內咧想，敢著請oo-jí-sáng捐幾項仔家具予本鄉的地方故事館，共本鄉的鄉土風情展現出來。

　　—— 咱候選人來到這，欲向逐家請安問好。

　　放送頭又閣講一擺。村長伯展絕招，是一頂有印

伊名號的運動帽仔。伊家己也有紮一頂，今伊就共帽仔挾佇胳耳空[29]。作穡人對這款宣傳品是上無法度推辭的，準是曆瓦也會予遮的日頭燋[30]甲炣去，頭毛就閣免講矣。村長伯仔佇這方面無省工，連鞭共真材實料nãi-lóng[31]做的選舉帽仔捃（jîm）出來，予伊代替逐家來閘風雨、遮日頭，吸溼排汗又緊焦，低磨損、高韌性，一頂會擋得十頂。

「你敢毋是予人咒讖彼个？我才無咧瘍頭[32]，和你握手會衰。」oo-jí-sáng講。

「扽[33]柴添火著，黃家絕後。」這句咒讖是按呢講的。

自按呢，村長伯就直直咧驚心懍命（kiann-sim-lún-miā）。白助理共安慰，莫戇矣，這款代誌敢通相信咧？啥物年代矣？猶是一步一跤印，凡事照起工，好好去市場拜票，舉辦重陽敬老暗會，招鄉親中秋烘肉，實實在在佮村民跋感情。

村長伯仔袂堪忍，轉去問老夫人敢有這款代誌。

佇正對街仔路的競選總部內底，老夫人碏碏幌頭，講伊活遮久都無聽過這款代，愛村長伯仔想較開咧。老

夫人都無蹛佇舊洋房矣，彼是大某的家伙，準做個攏搬去國外矣，猶是徛彼棟厝的名。伊這馬徛佇村長伯為伊買的別莊，離競選總部干焦幾步仔爾爾。欲叫老夫人享福伊是袂慣勢³⁴，日時定著愛來總部坐坐咧，鬥共傳單櫜（lok）入去批囊³⁵，若無就是摺廣告，按呢黨工欲楔（seh）入去批桶會較順。遮个袂輸機器的穡頭，老夫人做起來有心頭定著的效果，親像拗金紙。

拄開始，白助理毋敢予老夫人坐踮塑膠椅仔，曲痀去摸彼累累碎碎的物仔，驚會生骨刺。白助理隨奉茶予老夫人，請伊起來到茶桌仔頂歇睏。

「無要緊啦……」

「按呢歹勢啦！老夫人請你起來坐，毋通去鬱著擠著。」

「無要緊啦無要緊！」

以上的對話大概重了重有十改，白助理才肯煞。堅持到底的是老夫人，勻仔喃（nauh）毋知咧念啥物咒，勻仔摺競選傳單，誠心誠意咧作穡。致重送到鄉親手頭的每一張紙，凡事親手做，這就是黃家親民的所在。

　　老夫人的才調毋但按呢。佇黃家事業當興的時陣，伊著愛記數[36]、摒掃挨米所[37]、招呼工人，啥物代誌攏做會來。毋過翻頭來想，伊就無通好好來育飼村長伯，無法度像紅嬰仔時的村長伯逐工共伊攬踮胸崁。就據在村長伯仔佇塗跤爬，幼囡仔的伊煞共烏狗khú-loh的屎搦起來欲對喙遒揫（tu）去。這代誌是村長夫人講的，村長伯佇邊仔叫伊恬去，但伊毋肯。

　　老夫人補充說明，彼時黃家拄起氣，鬥金鑠鑠的瓷仔馬桶，共擔屎的長工阿榮辭掉，彼時猶是囡仔的村長伯感覺真心適。伊毋捌看過便所，想欲入去馬桶內底耍水，囡仔總是對堀仔池仔真好玄[38]。毋知是 siáng 無張持去揤著沖水，村長伯的身軀就順本能振動起來，倒手正手沐沐泅，拥（hiù）[39]水花仔出來。自彼當陣開始，老夫人就特別疼這个後生。

　　「著啊，這毋通寫乎。」老夫人對我攃手。

　　「彼過去的代誌啦。」

　　「著啊，攏過去矣。」

　　為著欲共這礙虐[40]的氣氛轉踅一下，我問村長伯，敢有重大事件影響伊蓋深。我共點拄（tiám-tuh），有

濟濟人講咱人的性地佇囡仔時就會來決，會成功抑袂，和囡仔時拍落來的基礎真有牽磕（khan-kháp）。伊頭犁犁，蓋久無講話。

　　伊想起四十外年前的熱天。彼站仔咱鄉內的水埤猶未坉（thūn）起來變做現今的鐵工場。也因為按呢，厝內無井通跳的散食查某，攏走來遮跳潭自殺。一寡水性無好的囡仔，落水了後就無閣上岸。彼座水埤予人號做鬼仔埤，真濟爸母毋准囡仔行倚彼搭（tah）。黃家是一个大家族，自然是非常保護厝內的囝兒序小，警告個千萬毋通近倚鬼仔埤。

　　村長伯仔是屘囝，和大兄差欲十歲。阿兄功課袂䆀，閣是運動埕的勢人，學國語並村長伯仔加真緊。彼時阿兄已經保送省立一中、毋免煩惱考試。伊只是一个猶未上國民學校的囡仔，自然會欣羨大兄。

　　熱天歇假，村長伯仔毋知啥貨做毋著去，予阿爸黃大水罰寫字。外口天氣遮爾仔好，村長伯干焦會使佇冊格仔頂搝來搝去。阿兄騎鐵馬踅來踅去，講是欲佇離開遮進前，好好共庄頭踅一輾。鐵馬是阿兄考牢學校阿爸送伊的禮物，彼當陣路攏猶未鞏點仔膠，鐵馬佇碎石仔

頂頭ting-ting-tong-tong，村長伯為彼台高級的鐵馬感覺淡薄仔拍損[41]。

「阿兄，鐵馬借我騎好無。」

「你欲去佗位，我載你做伙去。」

「無愛，我欲騎啦。」

「若跋落來會真害喔。」

「我毋管，我想欲騎看覓啦，是按怎你會使，我就袂使？」

「按呢好啦予你騎，我坐後壁。」

阿兄袂對村長伯大細心，也袂去共欺負，這顛倒予伊感覺心內袂爽快。

村長伯仔那講手那比，講閣過去彼片面以早朴仔花（phoh-á-hue）仔花開甲滿滿是，奉茶的茶鈷园佇糕仔樹跤，予做田人拍捗涼[42]。鐵馬沿路騎過袂去曝著日，葉仔下跤煞有清風透來。個的車輪軋（kauh）過手蹄仔形的焦葉。離庄頭愈來愈遠，焦葉仔也愈來愈厚，變做一重軟莎莎[43]的地毯。

是一塊日光倒照甲予人目睭搣（thí）袂開的水。水面的水藻[44]（tsuí-phiô）若像島嶼，個對湳田的田溝

流過來。這款樣的水按怎看攏無成伊的名遐爾暗毿[45]。

「我想欲落去泅水。」阿兄大膽共招。

「袂使，阿母會罵。」

「你就是遮爾軟泏[46]。」

「毋是我軟泏，身軀若是澹澹，一定會hőng摠著的。」

小村長伯仔架佇鐵馬頂，毋敢向前行。

「騎車轉去規路吹風，水會去予吹焦去，阿母袂發現的啦。」阿兄共伊的話揆轉去。

「萬不二予人看著，話傳轉去阿母遐，毋是閣較慘？」

「予人看著又閣按怎？是按怎佇遮就袂當泅水，敢是因為予人號做鬼仔埤？你驚啥物啦？」

「好啦，無咧驚啦，欲泅就來泅。」

村長伯講伊彼時就是遮爾仔大聲共應，喝了隨跳落水，水藻像風颱天的漁船佇水面幌起來。

「細膩喔！」

阿兄嘛喝一聲綴咧跳落去。

水無料想的遐深，小村長伯仔半節胸坎捅水面出

去，下身踮水內面。毋過下底是漉糊糜仔[47]（lòk-kôo-muê-á），袂用得出力踏，踏落去就拔袂起來。漉糊糜仔有偌深嘛毋知。

彼當時水埠內面有南洋鰍仔（lâm-iûnn-tāi-á）、鯪魚、溪哥，村長伯用指頭仔算看有幾隻。這寡魚仔有一个共同點，就是攏會食得。伊想欲掠來加菜，拚命佇魚仔尾溜後壁逐。毋過想想咧敢若毋著，阿母若是問講魚仔是佗搭來，毋就爌空矣。

但是伊開始好奇，漉糊糜仔到底有偌深咧？

伊跳起去阿兄的肩胛頭，用身軀的重量欲予阿兄沉落。阿兄雙跤踏水倚泅，下底若親像踏佇塗跤，並無予硈入去半寸。

「哈哈，你欲耍（sńg）這？欲耍就來耍。」

阿兄像一隻鰗鰡[48]自小村長伯的手曲[49]脫走，一下無看咧，就溜去小村長伯的後壁面。

阿兄欲來扱（khip）伊的衫，小村長伯只好骨力向前泅。伊共家己想做是一尾魚仔，一隻伊家己嘛真愛食的魚仔，用尾溜搧水泅走。但是毋管伊按怎出力，水藻也是佇面頭前袂振袂動，有一雙手共伊的跤掠牢矣。

　　伊心肝內滿滿是見笑、憤慨和毋甘，小村長伯仔將家己當做齒膏，出規身軀的力想欲走脫。毋過堅持半晡久，也是無法度振動。

　　紲落，伊欶一口大氣，雄雄共頭沬（bī）入去水內底，跤順勢勼起來，對阿兄的手頭軁（ńg）出去。伊身軀慢慢仔沉落，喙泡浮起去，水草對兩爿喙顊掘（huê）過。水面漸漸恬落來，無波無痕。

　　──阿川仔！阿川仔！

　　阿兄像四跤仔彼款來搚（iah），頭伸出去水面，大聲喝伊的名。聲音傳入水中，閣再到伊的耳空，親像佇兩間房間中央隔一堵牆。

　　──阿川仔！阿川仔！

　　糕仔樹彼爿也有回聲。

　　──阿川仔！阿川仔！

　　阿兄愈來愈緊張，伊就愈來愈歡喜。伊暗暢在心內，出力共家己的喘氣禁咧，毋過就欲擋袂牢矣。

　　Huá！

　　伊自水底躘（liòng）起來，手頭提重搭搭（tāng-thìm-thìm）的石頭仔，看著烏影就擲過去。

連紲擲幾若粒，手底攏空矣，這改換做阿兄沉入去水內底。

正中晝，罕得有人會來鬼仔埤遮曝日頭。伊緊張甲大聲喝，嚨喉懼懼顫（khū-khū-tsùn），雙手揖頭，一步一步躂過水。

—— 阿兄！阿兄！

小村長仔伯看著水面有一个影顯出來。

—— 阿兄！阿兄！

伊共揖跕頭殼的兩肢手放落來，細膩來行上岸。軟泔泔的漉糊糜仔隨時會共人食落去。

當伊一下踏著有硞硞[50]的石頭，人就隨來走。

原仔（guân--á）是予阿母發現矣，予搢甲半小死是走袂去，予搢是該當的。若毋是有一个做田人拄仔好欲去圍仔內的田地，半路看著小村長伯拚命咧騎跤踏車，阿兄無定著就無命矣。等到村長伯當選村長了後，坉沙的鬼仔埤干焦賰彼當時的一半，村長向公所爭取一條經費，用紅毛塗[51]將水埤坉起來，起工場是閣較後--來的代誌。

彼遍，彼遍阿兄無死。

　　村長伯仔講煞隨徛起來，無閒去照鏡。伊一日愛剃
喙鬚四遍、洗面五遍。聽著個阿兄的故事，我想起一
个佇阮庄 lìn 流傳真久的傳說。雖罔可能有過半的人毋
知，毋過見若去鄉土教育發表會、農會產銷推揀，攏會
請在地國小的學生仔將這个傳說編做舞台劇。村長伯仔
凡勢看過幾若百遍矣。

　　佇村長伯致詞的彼場雞卵文化節活動，這个「戀孝
港（gōng-hàu-káng）傳說」是由崁頂國小中年級學生
主演的。戲搬煞了後，村長伯著愛上台，因為按呢伊看
甲特別詳細。

　　──古早古早，咱遮有一个勇士，號做戀孝港。

　　一个查埔囡仔穿一領塑膠橐仔做的彩裙，喙邊鋏[52]
一个「小蜜蜂」，伊對小蜜蜂的 mái-khuh 歕風，確定
音響運作正常了後，開始講伊的台詞。講著勇士的時，
伊雙手扳直，佇空氣中畫一个大大大的圓箍仔，但是對
台跤看起去是遐爾仔細。

　　──伊會當一手攑新娘轎，一手攑米貯甲滇滇
（tīnn-tīnn）的甕仔。百斤的大石頭伊也有才調搬。

　　台頂另外有查埔囡仔行出來，懸欲兩粒頭，干焦圍

一條三角褲。規身軀全曝甲烏趖趖[53]，若毋是球隊的就是走運動埕的，予老師掠來做戲。一位阿姨比對台頂講，彼个是阮兜阿季、是阮兜阿季。

—— 逐家攏講伊是石頭神來轉世。

一張海報紙焙焙[54]，中央挖一个空，探一粒幼齒的頭出來，敢是較無人緣的同學諾（hioh）？

—— 雨落過了後，牛車牢踮塗糜漿（thôo-muâi-tsiunn），鄉民著拜託戀孝港共牛拖出來。

一陣穿漢裝的囡仔徛佇tshó-á（保麗龍）做的牛車仔邊，攏走甲真生狂，一面講是欲按怎、欲按怎。穿三角褲的查埔囡仔假做足食力的形，目眉結規丸，沓沓仔共tshó-á牛車扛起來。逐家全拍噗仔喝講婿啦。

—— 毋過伊也真狡怪。有時看牛車經過，會對後壁共車挵咧，予一寡老牛行袂振動。鄉民也是真大頭。

漢裝囡仔徛佇邊仔雙手插胳，面腔結甲懊嘟嘟[55]。

—— 伊三不五時仔來共亂一下，村民想欲予伊教示，就變一个好辦法出來，共講有人輾落井，騙伊入去水井內。

這班老師應該開真濟時間咧做道具，用紙枋仔貼一

口和囡仔平懸的桶仔，準做是故事內底的水井。三角褲
查埔囡仔就跳入去桶仔內，觀眾會當對切面看著伊，台
跤的噗仔聲愈拍愈大。

　　——逐家共早就準備好的石頭仔挕（mooh）出
來，做伙共石頭擗（khian）入去水井內。

　　搬演石頭的囡仔去予人揀出去。

　　——戀孝港用雙手共石頭夯咧，人無著傷。

　　石頭囡仔煞予三角褲囡仔夯懸，雙跤離塗，看起來
真驚惶。

　　——逐家閣繼續共石頭仔擗入去水井內 。

　　閣較濟tshó-á球。

　　——於是戀笑港就死掉了。（華語）

　　囡仔演員向（ànn）身共台跤的觀眾說多謝，接受
逐家的贊聲歡呼。我煞感覺莫名其妙，半點鐘的性命完
完全全去予拍損去。到這馬，我猶原無法度了解這個故
事欲傳達的教示是啥，又閣是佗位有趣味。

　　有人點我的肩胛拍暗號，手頭捎（sa）一張綿仔
紙。我正看倒看，佇我身邊的村長伯仔目尾全珠淚。我
共綿仔紙接落，鬥拈（ni）予村長伯。搬了真好、搬了

實在真正好，有機會我欲請個閣來搬一齣。村長伯搭手，共家己的神仔搲予好勢，嚨喉清清咧，就行上台。

莫講起，莫講起，攏是過去的代誌矣。

續而後，村長伯予咱逐家一个大派掛笑詼的演講，大意是講一般人看著胡蠅就欲共搧欲共拍，但是佇咱鄉內看著胡蠅著愛歡喜。下早仔來遮的半路，看著遐爾濟胡蠅，今年的雞卵是欲大出矣。伊一爿「唱旺農產」，一爿宣揚講選舉著愛選著人。

選前的日子一工一工過，村長伯仔應付了閣袂穤，該現身講話的攏準時到位，該當送禮祝福的也會寄附大範的花籬。若無啥物撞突[56]意外，緊慢會牢鄉長，了後做縣議員。上無老夫人是按呢來料想的。

黃大水過身了後，老夫人的身體袂比得較早，伊著愛扐插佇旗座頂的篙仔才徛會起來，旗篙自然成做伊的拐仔。村長伯煞當做是對手來挽旗仔，分明了後，村長伯勸伊用較好的，買一支真正的拐仔予伊。老夫人毋是袂曉享受，伊總是掛一條珍珠袚鍊[57]，穿花裙，堅持行伊的路，袂輸中央的官夫人。有當時仔，伊會怨嘆講家己犧牲遐爾濟，干焦賰這个後生中中仔[58]過了半世人。

　　在地人口是無蓋濟，選舉煞觸（tak）甲真雄。就算一个額爾爾，猶是會有兩組以上的候選人出來，佮早前無仝。準攏是黨栽培出來選的，猶是會拚甲半小死。各位鄉親啊，愛知影恁手頭的彼張票是蓋重要。

　　一个候選人想欲予人熟似，猶是愛靠傳統的撇步。見若有人結婚生囝有人過往，村長伯一定拚到現場。人的一世人有幾日仔會記了特別清楚，就是得著佮失去、上歡喜佮上悲傷彼幾日。佇這時出現蓋會和。

　　早前，咱庄內是喜事走袂完，村民真興請人客彼款鬧熱的氣氛，除了結婚，囡仔出世、滿月各食一攤，拄著（tú--tio̍h）閣有序大老大人壽誕辦桌。這幾冬風氣有較改矣，變做是白聯仔送甲欠貨。村長伯有家己一部套頭話，德及鄉梓、名流後世、音容宛在、駕鶴西歸等等，幾个固定的成語交替換，較袂予喪家發現收著佮別人相𫝻的輓詞。但有時陣乎實在收傷濟人去矣，仝時間有兩句「音容宛在」。

　　另外，村長伯也是真軟飴的人，面子放會去，腰向會落，攏是標準的九十度。毋過閣再講，身軀也是肉做的，村長伯雖然真骨力，落尾是有骨無力，腰是痛甲

接載[59]袂牢，只好佇神仔下跤縛一箍束腰的。愛知影，村長伯毋但是做表面，閣會替主人打扎禮金、鬥陪綴。甚至若有需要救助，一通電話過去棺柴就攢好勢矣。進前，有一間點心攤，因為gá-suh無注意，店面火燒了了，一口灶無通趁食日子袂度。村長伯就趁村里暗會時來題緣[60]，題著一條錢暫時予個度三頓。

對早時五、六點到暗時八、九點，村長伯除了睏，大部分攏佇外口走傱，綴佇伊身邊的我，只好共食苦當作食補。

毋過，走傱規工轉來有老夫人攢的飯菜，就袂遐爾艱苦矣。庄跤的人通常五六點食飯，食完一个連續劇的時間就欲來歇睏。老夫人會等阮等甲半暝，炒一寡手路菜[61]共村長伯補一下仔喙空。老夫人講，半暝時仔店收了了，食路邊攤仔的宵夜胃會害害去。伊將三色卵、炒蕨貓，閣有一寡罕得看著的菜攏捀上桌，這是幾十年來老夫人扞灶間攢拜拜的好功夫。

月娘照佇門前的趒崎，日時來揣村長伯攄代誌、停佇門跤口的機車攏轉去矣。白助理、我、村長伯坐佇飯桌仔頂食老夫人的料理，金金看恬恬的月光。我呵咾[62]

老夫人伊煮了實在有夠好食，見擺用全款的方式共褒，老夫人攏歡喜甲會歹勢。

彼是老夫人跋倒進前的情景。伊彼時雖然龍骨無好徛袂在（tsāi），雞跤彼款焦瘦的雙手猶會當共鼎攑起來。

「無閒選舉，嘛是愛歇睏，身體毋通拍歹去。」

在我看來，老夫人和天跤下的爸母相𫝛，毋管後生偌大漢，原仔共當做囡仔。

「這馬是愈來愈歹選矣。」村長伯仔喙含花殼仔按呢講。

「咱曷無做毋著代誌啊，樹頭徛乎在，毋驚樹尾做風颱。」

「這改有人講我是烏道出身的，講我……烏西[63]、歪哥。」

欲證明家己的清白，是這世界上費氣的代誌。就像若欲證明通天下無白色的烏鴉，著愛共所有的烏鴉總掠來看。

「伊敢就無懷（kuî）[64]錢？真正莫名其妙。」

「著是嘛，嘛毋想看覓過去做過偌濟垃圾代。」

「講著以早，咱庄內的媽祖廟是細細間仔，壁落漆落了了。」

「著，哪像這馬，可比百貨公司新點點，閣貼雲石壁磚。」

「以早干焦咱兜有便所馬桶，這馬人人厝lìn攏有矣。這毋是進步，無是啥？」

「有馬桶了後，我顛倒無時間去便所。」

「閣祕結矣喔？」

「著啊。」

「青菜加食寡。」

「會。」

佇這款時陣，候選人才有伊帶人性的一面。

就佇我共新聞紙掀開，頂頭寫講，對頭彼爿揙（iah）阮這頭偷食錢，這時村長伯閣開始演講啊。

「彼記者也無佇咱遮蹛，憑啥對咱按呢指指揳揳[65]（kí-kí-tuh-tuh）？」

「著是講嘛，恁莫予這寡人使弄去。」白助理應聲。

「實在有影，恁少年人猶是莫插政治較好，像我嘛是不得已的。」

「嘿（hennh）啊，阮來鬥無閒就好。」

「阿川，你身體嘛愛顧予好，愛活了比蔣經國較久啦。」老夫人也摻入來講。

「伊歲壽也無偌長，敢若才七十幾歲！」

「你知我的意思，愛活落來就著啦。」

「無毋著，活落來就是囉。」

照佇趒崎頂的月光略略仔徙（suá）遠去，競選總部鐵門絞落來，門斗生鉎聲音真鑿耳，佇庄仔內回響。鬼仔埤若閣佇咧，像這款月圓的暗暝，應該是真恬寂（tiām-tsik）。毋過彼時選舉來到沖沖滾的壓尾矣。

彼陣我逐日攏睏無飽眠，閣按怎講選鄉長的場面較大，行程毋但是足滿的，是滿甲欲磅（pōng）去，分明是一場拚體力的比賽。村長伯按算來整一場大場的暗會，伊欲佇彼暗反盤洗牌，激場來製造話頭予鄉親的話講袂透、盤袂了。白助理予操甲賰半條命，聯絡廠商、揣有頭有面的人來徛台、做紀念品，逐項攏做甲真厚工。

「喂，緊來啦！緊來啦！我這站佇東村走場，這你一定愛寫。」

我不時會佇夢中接著這款電話。是隔壁庄的村民欲去遊覽，透早，村長伯仔人就到廟埕，踮遊覽車下跤向鄉親攄手say goodbye。淺眠早早就起來的老大人一個一個上遊覽車，扞欄杆匀匀仔行起去。個袂輸欲去畢業旅行的小學生，話是講袂完。村長伯倒爿二十度、正爿三十度，兩秒就攄手一擺，一直到遊覽車的柴油味鼻無為止。

選舉前一月日，六十捅歲的村長伯共透早的場走完，想講離十點的食飯會閣有一段時間，就共我拖去個庄內上大的王爺廟遐拜拜。王爺廟佇全鄉地頭的正中央，柱樑楹[66]桷（thiāu niû ênn kak）蛀甲真害，村長伯鬥儳錢來共廟過翻。整修了後成做鄉內上懸的建築，可比台北的101大樓。干焦大廳就有五米遐懸，粟仔鳥、燕仔硞硞飛起去做岫。

拄踏入廟內，我就予啾啾的鳥仔聲包圍，加添王爺的靈聖，袂輸我人就佇天頂。一步穩是愛細膩，毋通予鳥仔屎滴著。

村長伯點九枝香，跪踮墊仔頂，共香攑到家己的額頭前，目睭瞌瞌。如此一來伊的頭殼碗就無防備矣。伊

敢是閣咧煩惱彼啥物咒讖？村長伯喙內詬詬唸[67]，共生辰日月、戶籍住址、身分證號碼全唸予王爺聽，無咧要意「個資外洩」（華語）。是講伊到底下啥物願望，我就聽無明囉。

搶救！搶救！四界攏是搶救的旗仔。往過喝搶救是為著欲催票，予選民出門頓彼粒印仔，感覺家己完成一件大代誌。但是，這擺確實是村長伯生涯當中上危急的一擺，皂烏[68]在前、官司在後。無的確是因為按呢，伊才會佇王爺面頭前跪遐爾仔久。

毋知敢是王爺無共村長伯仔的願望聽入耳。過無偌久，老夫人佇競選總部門跤口咧摵布條仔的時，無注意去跋倒。白助理講伊有勸老夫人，叫伊毋通按呢從，但老夫人堅持欲去外口，按怎嘛無伊法。

伊行來旗篙仔頭前，吐大氣，唉，這布條仔呔會佮村長伯本人的siat-tsuh全款皺襞襞[69]。伊看袂慣勢，共布條仔的四角擢[70]擢咧，那親像個後生就佇伊面頭前，伊咧摵的是村長伯的siat-tsuh。

怎知影有人共旗座园佇水溝仔的崁蓋頂面。崁蓋上驚落雨，落雨了後滑甲毋成樣，而且老人是上驚跋倒。

老夫人無哼（hainn），家己扞旗篙跙起來。白助理看著伊倚佇牆邊寬寬仔行的背影。伊準做老夫人是欲轉去歇睏，頭越咧就去無閒，閣看著老夫人已經是暗時矣。

彼暝就是暗會來臨的要緊時陣，村長伯吩咐我就愛睏較飽咧，共紙筆攏攢予好，冗早到運動公園。伊欲使一个倒頭槌[71]，一定著愛共這光榮的勝利記錄落來。遐有的無的講伊烏道、背骨啊、烏金的人，就試看覓咧，相拄會著！恁父食泔糜（ám-muâi）等你，伊共拳頭捏絚絚。

運動公園本底有一座溜直排仔的溜冰場，從到今毋捌看有人咧用。經過檢討了後，共溜冰場的橫桿全挽掉，成做一个埕。因為是地理真好，真濟人暗時仔會騎機車來遮，iân-jín關掉，手架佇龍頭頂，共手機仔搝牢，咧掠抱去摸（寶可夢）度時間。又閣一个清涼無聊的暗暝過去矣。

彼工下晡，我提早到會場待命。音響公司的thôo-lá-khuh停佇路邊，佔半个車道去，幾个穿吊裑仔[72]的工人趕咧搭舞台。造勢用的花車已經無夠看，村長伯吸收新的行銷概念，安排樂團演奏、歌唱表演，欲來創一

場新春特別節目彼款的造勢暗會，予伊鬧熱滾滾。當然嘛有邀請本區的縣議員候選人，聽講縣長也會來。

搶救！搶救！運動場四箍輾轉[73]插旗仔，寫搶救兩字。

規堆傳統的政治人物早早就去會場入口，握手ái-sat-tsuh，村長伯講這款觀念無時行矣，無法度予少年人認同。出場彼時毋才是上重要的，演唱會歌星攏嘛按呢，登台延延[74]顛倒予人閣較期待，頭前的部分交予暖場的就好。

遠遠我就看著白助理咧攑旗仔，猶未四、五點，現場的塑膠椅仔就坐一半較加去。支持者真濟是阮這庄的，真正愛感謝各位鄉親的支持相伨[75]。隔壁庄的警察之友、農漁會的人也齊到位矣，相連紲對遊覽車頂落來。

這場暗會村長伯下心神咧計畫，揣以早歌廳秀退休的歌手來，演唱的歌曲是村長伯會去KTV唱的愛歌，伊上佮意的國小戲劇團也紮戀孝港的故事來搬。當然袂去袂記得邀請學校合唱團、舞蹈團。遮个學生家長通常會來看，爸母來，通常阿公阿媽也會來，一兼二顧。

　　根據白助理的講法，暗會猶未開始，印村長伯相片的200cc礦泉水已經分了了矣，村長伯的人氣真正衝甲掉袂牢。但嘛有可能是逐家想欲看黨主席本人，想欲佮黨主席翕相轉去收藏的關係。閣再講，咧痟黨主席的人閣袂少。白助理透過對講機通知後台，後台透過對講機通知招待處，招待處又閣透過對講機，總算揣著一个有閒的人開車轉去競選總部，閣搬十箱大罐的礦泉水。佇無線電頂頭，個也攏咧問一个問題：村長伯仔佇佗位？

　　彼時我拄離開現場，和村長伯佇老夫人的房間內。就干焦阮兩个佮老夫人，欲暗仔才知影伊日時跍倒[76]。守佇厝內的村長夫人感覺奇怪，壁堵哪會一直出怪聲，當做是隔枋內底有鳥鼠。但是鐵仔篐紅毛塗的壁哪會有老鼠？村長夫人掃帚搝[77]咧行起去樓頂，呇呇仔覓倚聲音的來源。只看著老夫人面色反烏，嚨喉扴[78] 一口痰，指甲咧抓塗跤。

　　村長伯嘛無共人講，就對現場拚轉去厝內。等到伊用欶管共痰欶出來，老夫人才小可仔精神。村長伯敲電話共白助理講，伊會較晏到會場。佇電話頂，白助理無提起下晡的代誌，干焦講老夫人到服務處坐一睏仔就轉

去，驚疑哪會雄雄發生這款代誌。

「阿川仔，阿川仔……」

淡薄仔知人了後，老夫人憑家己的力行起去二樓，倒佇舒[79]綢仔的床巾頂面，幔一領牡丹棉襀被。

「阿母，我佇遮。」

「阿川仔，我跤有夠痛啊！」

「忍耐一下，救護車連鞭就來矣。」

「閣有啊，我頭眩眩。我今佇佗位咧？」

「佇厝，佇厝。」

「敢是？遮佗位成咱兜啦？哪會全你的相片？你敢是死矣？」

「這馬當咧選舉你袂記得矣nih？你看彼爿的壁頂懸有掛一張阿爸的相片，看起來真少年乎！」

「真正是咱兜咧。」

「是啊！」

「恁大姊閣有你大娘咧？」

「個攏出外矣，有的佇台北，有的佇美國。」

「按呢好，總算是共個趕出去矣，啊恁阿兄咧？」

「伊無佇咧矣，伊無佇咧足久矣。」

「你講，恁阿兄伊敢會轉來？」

「會，你等我，我選牢就去揣伊轉來。」

「好啊，嘛好佳哉你咧選舉，咱兜才有存後步[80]。」

「對啊，選一世人矣，一定選會牢的，錢攏開落去矣。」

「阿母對你有信心。」

「我嘛對家己有信心。」

「當初恁阿兄真正是按怎講攏講袂聽，講是欲補恁老爸的錯。」

「阿爸是佗位做毋著去？」

「敢若是去揳[81]隔壁先生的空。」

「按呢敢有做毋著，毋是伊家己去自首的nih？」

「若親像攏有……」

「是按呢生喔。敢有別人知影？」

「攏過去矣，攏過去矣，閣講也無較縒[82]。」

「著，閣講這款代誌，嘛無效矣啦。袂予我選牢，也袂予我選牢。這馬選舉是硬拄硬、鐵搧鐵。」

「嘿啊！硬拄硬、鐵搧鐵，你著愛較硬骨的。」

「像阿兄彼款？」

「無免踏遨硬。」

「我知啦。」

「個攏講忠孝無通兩全。萬不幸彼日若到，你就莫插我，好好為國家付出就是！」

「是。按呢阿母，我先來去，我先去會場。」

「上尾閣有一層代誌。莫共我硬救，我無愛hőng硬救起來。有聽著無 ？」

「有，莫硬救嘛莫插一堆管，嘛莫硈胸坎。」

「就講阮囝上有孝啦。」

彼暗月娘無出來，電火禁起來，房間就烏暗去矣。老夫人麤[83]蹛眠床頂，佇黑影當中笑笑仔看阮離開。伊閣講一遍毋通硬救，村長頷頭[84]，自房間抽退共門關起來。代誌毋通閣延矣啦。

運動公園的舞台頂，縣議員候選人全時嘛任縣議員，就來到後台矣。原本料想黨部干焦會派中常委來，煞有院長級的人物出現。助理共安搭講村長伯轉去見阿母一面，連鞭就轉來，絕對袂延。候選人和黨部來的幹部兩个兩个握手，相借問，講幾句仔鋪排話[85]。若有十个人，逐个攏愛和其他的人握一改手，按呢攏總愛握幾

改手咧？高中數學我是還予老師囉。

　　搶救！搶救！村長、縣議員攏需要搶救，只有各位鄉親會當保個平安。

　　為著加撨寡時間予村長仔伯會赴轉來現場，白助理無予活動憑頭來，就共節目調動，予崁頂國小戲劇團調來上頭前，這齣精采的戀孝港就先來搬。原先予人印象真深的三角褲換做短褲，可能是欲順大場表演的觀眾，改做合家觀賞的普遍級。

　　——村民共石頭擎入去水井內，戀孝港用雙手共石頭夯起來，無著傷。

　　陪陪的紙枋仔又閣和逐家見面囉，搬石頭的囡仔喙頓膨獅獅[86]，維持石頭該當有的表情。戀孝港手夯石頭，面色憂憂。

　　——逐家向內面擎閣較濟石頭入去。

　　這擺場面大幾若倍，搬鄉民的囡仔共台頂徛甲滿滿是，看起來是全班總出動矣。人人共tshò-á球夯起來，去擲彼个穿短褲的戀孝港。有个擲一下傷大力，tshò-á球拼著戀孝港又閣倒彈轉來，按舞台慢慢仔輾落台跤。

　　——於是他就死掉了。（華語）

開闊的埕干焦瞄台頂一束spotlight（sū-pá-toh lài-toh），查埔囡仔的跤頭趺[87]撞著枋仔，倒佇燈光跤。伊覆佇遐若像睏落眠，連喘氣也真歹予人發覺。觀眾變做一片暗摸摸的烏影，曠闊的運動公園若掩身踮夜色內底。燈火漸漸仔化去，連台頂的人影嘛看無矣。地平線彼爿的萬物攏總無聲無說。

一直到黃幻的電火漸漸光，召燈入場，才略略仔看會著焦冰麩（tā-ping-hu，乾冰）按兩爿淁到舞台中央，彼个雲、彼个霧，和內山來的全款。等目睭擘金看較清楚的時，村長伯轉來囉！伊和縣議員、院長、現任鄉長手牽手。史詩電影彼款的音樂做底，鼓槌仔摃踮鼓皮頂，規个鑼鼓社綴咧震動，有的搖手，有的幌頭。

——各位鄉親，歡迎咱候選人上台！

縣長和黨主席徛踮正中央，個兩人手牽起來的所在拄好是舞台中線，油頭焐甲予人想起油朒朒[88]的炕肉飯。個雙手攑起來閣放落，攑起來閣放落，連紲做三擺。村長伯的手予縣議員搦牢咧，手腕予伊拗彎到盡磅，但是伊毋敢出力共縣議員的手拗倒轉來。徛踮尾溜的村長伯仔目睭不時咧相舞台中央，綴主席和縣長的節

奏，攑起來閣放落，攑起來閣放落。

——各位鄉親，這擺選舉有風有雨，有攻擊有批評，咱一定愛團結！愛團結！

台跤人人攑的旗仔是一模一樣。市場刣魚仔--的、種花種菜--的、賣麭（pháng）--的、國校的老師、公所的職員，手頭攏有一面通攑，袂記得作稽的火氣、親人的過往、了錢的生理和猶未洗的碗。

——咱袂用得hőng看衰，袂用得hőng倚倒[89]，袂用得hőng創空。

村長伯共牢佇舞台頂的皮鞋攑懸，身軀踅半輾，用尻脊骿對群眾。

——各位鄉親，請看詳細，這毋是刺龍刺鳳，這是疕[90]！

伊共烏色長褲搝起來，共一肢白鑠鑠的跤腿露出來，大腿外片面閣有一塊烏斑。按呢應該會當上全國的版面囉！伊心內按呢想。真可惜伊無法度看著群眾的表情。毋過就準這時伊通踅身去看台跤群眾，電火咧焙若日頭，個只是烏暗暝內底的一塊烏暗。

——當選！當選！

　　彼只是一塊底爾爾，幾十年來毋捌消，嘛無檀[91]大去。綴村長伯出世，也會綴村長伯老去。黨主席、縣長、縣議員攏佇台頂徛定定，保持笑容佮風度。個越頭去看村長伯仔共捲起來的褲管放落來，褲頭的皮帶繡予絚，就閣聊聊仔共頭越轉來。

　　——當選！當選！

　　村長伯的雙跤煞來勼，事後我才知伊彼時想欲走便所。

　　——當選！當選！當選！

　　村長伯仔想起老夫人叮嚀的話，彼無聊的咒讖、過去的遺憾，全踮伊的心肝頭拊[92]去矣。徛踮台頂，懸甲會使看著王爺廟的簾簷[93]。佇咱面頭前的干焦未來，干焦建設閣較濟迵咱鄉里的大條路，才通予咱的鄉里出頭天。咱袂閣倒退後，袂閣是一个生荒的狗屎地。論真講，這毋是村長伯一个人就有法度的，咱定著愛各位鄉親的助贊佮牽成，贊聲佮相佝。咱就做伙共伊送入去鄉公所，逐家講好啊毋好！

———————————

1 徛起 khiā-khí：立足。

2 盤撋 puânn-nuá：交際應酬。

3 手摺簿仔 tshiú-tsih-phōo-á：小筆記本。

4 好額 hó-giảh：富裕、富有。

5 埕斗 tiânn-táu：院子。

6 𠢕 khōng：以水泥或磚頭砌磚、牆。

7 摔 sut：鞭打、甩中，擊打。。

8 天篷 thian-pông：天花板。

9 精光 tsing-kong：頭腦聰明、做事仔細。

10 分伻 pun-phenn：分配，分攤。

11 sak-khuh：保險套，源自日語外來語サック。

12 倩人 tshiànn lâng：雇用人手。

13 癩𰣻 thái-ko：骯髒。

14 尻川頓 kha-tshng-phué：屁股、臀部。

15 尿苴仔 jiō-tsū-á：尿布。

16 胡蠅 hôo-sîn：蒼蠅。

17 筊間 kiáu-king：賭場。

18 黜臭 thuh-tshàu：揭人家的瘡疤、短處。

19 咒讖 tsiù-tshàm：詛咒、埋怨。

20 坎站 khám-tsām：程度、段落、地步。

21 奢颺 tshia-iānn：風光、神氣。

22 扴膏 kẹh-kô：阻礙、不合。

23 巴結 pa-kiat：上進努力、堅強不示弱。

24 陪綴 puê-tuè：人與人之間的交往酬酢。

25 曲痀 khiau-ku：駝背。

26 迣 tshāi：擺放。

27 燖 thng：食物涼了之後再次加熱。

28 青磅白磅 tshenn-pōng-pe̍h-pōng：形容出乎意料的突然來到或發生。

29 胳耳空 koh-hīnn-khang：腋下、腋窩。

30 燴 hannh：被熱氣燙到。

31 nái-lóng：尼龍。

32 癮頭 giàn-thâu：傻瓜。

33 扻 hiannh：以手拿物。

34 慣勢 kuàn-sì：習慣。

35 批囊 phue-lông：信封。

36 記數 kì-siàu：記帳、賒帳。

37 挨米所 e-bí-sòo：碾米場。

38 好玄 hònn-hiân：好奇。

39 抌 hiù：用力甩出去。

40 礙虐 gāi-gio̍h：彆扭、不順。

41 拍損 phah-sńg：浪費、蹧蹋。

42 拍抐涼 phah-lā-liâng：閒扯、話家常、講風涼話。

43 軟荍荍 nńg-siô-siô：有氣無力的樣子。

44 水薸 tsuí-phiô：浮萍。

45 暗毿 àm-sàm：陰森森。

46 軟汫 nńg-tsiánn：形容人的個性軟弱。

47 漉糊糜仔 lók-kôo-muê-á：稀爛的軟泥。

48 鰗鰡 hôo-liu：泥鰍。

49 手曲 tshiú-khiau：整個手臂彎曲起來所形成的部分。

50 有硞硞 tīng-khok-khok：形容堅硬、強硬。

51 紅毛塗 âng-mn̂g-thôo：水泥。

52 鉼 pín：別上、夾上。

53 烏趖趖 oo-sô-sô：形容很黑。

54 殕殕 phú-phú：模糊、灰暗或不鮮明顏色。

55 懊嘟嘟 àu-tū-tū：氣嘟嘟、擺臭臉。臉臭臭的，懊惱的樣子。

56 撞突 tōng-tút：出差錯、挫折。

57 袚鍊 phuáh-liān：項鍊。

58 中中仔 tiong -tiong-á：中等、不上不下，一般的程度。

59 接載 tsih-tsài：支撐、支持。

60 題緣 tê-iân：募款、捐獻金錢。

61 手路菜 tshiú-lōo-tshài：拿手好菜。

62 呵咾 o-ló：讚美、表揚。

63 烏西 oo-se：行賄

64 懷 kuî：塞東西。

65 指指揬揬 kí-kí-tút-tút：指在人前人後批評，說閒話。

66 楹 ênn：橫樑。

67 詬詬唸 kāu-kāu-liām：嘮嘮叨叨、囉囉嗦嗦。

68 皂烏 tsō-oo：抹黑。

69 皺襞襞 jiâu-phé-phé：形容物體表面不舒展、不平整的樣子。

70 擢 tioh：輕輕拉動或拉動、拉平衣物。

71 倒頭槌 tò-thâu-thuî：回馬槍。比喻冷不防的反擊或出賣。

72 吊裀仔 tiàu-kah-á：背心。

73 四箍輾轉 sì-khoo-liàn-tńg：四周、周遭。

74 延延 iân-tshiân：遲延。拖延耽擱。

75 相伨 sio-thīn：相互扶持、參與以及相互配合。

76 跙倒 tshū-tó：滑倒。

77 搦 làk：掌握、握有。用手緊握。整理。

78 扴 khê：卡住。

79 舒 tshu：鋪上墊底物。

80 存後步 tshûn-āu-pōo：為尚未發生的事情預留後路。

81 搤 iah：掘。揭發、揭露。

82 無較縒 bô-khah-tsuàh：沒有用。

83 麗 the：身體半躺臥。

84 頕頭 tìm-thâu：頭上下微動，以表示允諾、贊許、領會等意思。

85 鋪排話 phoo-pâi-uē：門面話、應酬話。

86 膨獅獅 phòng-sai-sai：形容毛髮膨鬆。

87 跤頭趺 kha-thâu-hu：膝蓋。

88 油朒朒 iû-leh-leh：油膩膩。形容含油量過多的樣子。

89 偃倒 ián-tó：推倒。

90 疕 khî：疤痕、傷疤、胎記。

91 楦 hùn：撐大、擴大。向外擴張。

92 拊 hú：擦、拭。

93 簾簷 nî-tsînn：屋簷。

虱目魚栽

Sat-bak-hî-tsai

焦涸涸的寒天雨落幾若日，萬益叔仔笑出來矣。

又閣連紲落幾若日，萬益叔仔心頭煞來憂愁。

一台thôo-lá-khuh對塗稜[1]（thôo-lîng）頂駛過。兩爿的菅芒像野球場的觀眾，綴thôo-lá-khuh共枝葉的雙手攑起來，歡歡喜喜咧耍海湧舞。輪仔共不幸的石頭絞起來，彈起去趄崎頂，規路輾落去，干焦聽著phut-thong一聲。閣落去就是水矣。彼塗稜拄好一台thôo-lá-khuh退閣，欲來轉幹的時，彼台thôo-lá-khuh煞無來減速。

萬益叔仔對車頂的人大聲喝：「偌濟錢？」

車頂的人對伊大聲喝：「四十篐……」

車頂的人共車窗絞落來，予風吹家己的面，一手伸出來倚車門。「篐」彼字對車門落落來，落佇塗稜

頂，籬籬、呼呼、籵籵、khoo-khoo……尾手仔落佇開白色水痕的魚池內。一尾虱目魚拄好浮面歕泡（pûn-pho），共伊欱（hop）入深水內。

來好嬤仔對另外一爿的土地公廟行出來。彼是一間佇魚塭佮田地中央的廟仔，踮遐真久真久矣。幾十年前，附近幾窟魚塭的頭人[2]合資共這間土地公廟重起。彼時飼魚仔拄咧好趁，有的人一冬就會使趁一棟透天--ê。個共廟內面的楹仔用磚仔角佮khŏng-ku-lí[3]替換，廟頂加崁一沿鐵仔，保證久閣勇。

來好嬤仔逐工來廟lìn做早課。伊共海風上案桌仔頂的塗粉拭掉，共香條落佇神明桌的目屎拭掉。以早會有人專工來遮，自規桌面的香烌[4]看浮字，伊共總拊掉。閣真正有人為這和伊起冤家，愛伊賠償原本會得著的「大家樂」獎金。但伊猶是逐工來遮，面布若癩𰣑[5]去，來好嬤仔會對厝內閣紮一條新的來，廟新甲若像拄起好全款。煞來胡蠅就通覆（phak）佇咧清氣的牲禮[6]頂頭囉。

早課做煞，伊踮香爐插一枝香，香枝伸出煙去試空氣的鹹洘[7]。伊共粉紅仔色的手囊[8]囊起來，草笠仔摻包

巾戴起去，oo-tóo-bái騎咧就離開，風仔尾絞一陣的坱埃。

無偌久，萬益叔仔和來好嬸仔翁仔某兩人「集合整隊、各就各位」（華語），駛發財仔車欲上山。藍色的車斗向天開喙，三步一拜九步一叩首，佇狹狹的路上祈求。

欲暗仔，萬益叔仔拎一條（liâu）塑膠椅頭仔，佇亭仔跤鑢[9]跤皮。個蹛佇塭仔邊的一條街仔路，逐日騎機車佇低厝仔和塭仔之間來來去去。就算當初時伊心內有數，知影家己有一半的時間會睏佇塭仔的工寮，伊猶是共厝蓄[10]落來。

萬益叔仔跤架佇椅頭仔用鉸刀咧撩跤梢[11]，跤梢若像「鱈魚香絲」（華語）落甲規塗跤。有的粟鳥仔掠做是粟仔，飛落來啄。伊的跤底孵一岫興旺的生態系，彼是伊和水相牽連的證據。

西照日共人影攏搝長，阿弘踏金色的跤步轉來。伊皮膚頂的必巡[12]，予下沉的日光補起來矣。

「閣去釣魚喔……」萬益叔仔詬詬唸。

阿弘手捾藍色保冰桶，行過的所在綴一逝烏點。騎車轉來的半路阿弘就鼻著蔥仔的芳味，已經趕袂赴予來好嬸仔煮矣。

阿弘無隨入門，伊順手捾一跤水桶，跍（khû）落來等樹奶水管共水桶水注滿。伊共箱仔內的魚仔倒入去。魚仔閣轉去水的懷抱，佇內底咧洗浴，煞按怎嘛泅袂行。

「家己曆lìn就咧飼魚仔，欲食是按怎愛用釣的？」萬益叔仔佇阿弘背後咧唸。

「按呢袂穩啊，加添寡菜。」來好嬸仔講。

「釣釣這寡魚仔，我也無想欲食啦。」大寒來進前伊總是雷公性。

「無就送去予隔壁跛跤仔一家伙仔。」來好嬸仔那共萬益叔仔鬥夾菜那講。

「若是共遮的時間用去拍散工[13]，毋知通趁偌濟錢囉。」萬益叔仔飯桌仔坐好勢矣，猶原講袂停。

「趁錢欲創啥啦？」阿弘平常時仔無愛講話，嘛是共應一句轉去。

飯桌仔頂的話和菜色仝款無啥變化，有當時仔共食賰的冷凍起來，熥熥咧閣捀來今仔日的桌頂。這遍阿弘煞按奈袂牢矣。

「愛趁錢啦，以後你才通好拍算啦！」萬益叔仔講：「真正是無羼脬[14]…………」

阿弘三十外矣猶袂娶，就欲四十歲矣。莫講無娶，連伊的換帖兄弟也無佇查某間看過伊。後來，來好嬸仔就來起僥疑[15]，回想共細漢時阿弘洗身軀，佇彼料小[16]的記持內底，確實有羼脬。

「你是會鶻[17]袂鶻啦？」萬益叔仔共阿弘揀一下。自阿弘過二十歲，萬益叔仔就用心計較欲共揣新婦。」

「袂鶻啦！」阿弘干焦講三字。

「查埔人袂使講『不行』。」來好嬸仔學電視廣告按呢講，煞無人綴咧笑。

阿弘這个查埔囡仔毋但規組好好，閣真勇壯咧。半暝，伊綴頭家四界傱，共魚池仔內拚命求生的虱目魚拖起來，佇岸邊共刣。伊一秒就會使剖開魚肚，一肢手就會使共魚腸摸出來、共魚鰓[18]挖出來。萬益叔仔和來好

媠仔毋知為啥物這後生好跤好手煞攏毋娶，相親都相過矣，朋友嘛鬥介紹，有幾个真合萬益叔仔的意，尤其是籤仔店頭家的查某囝。個店就這个查某囝，除了淡薄仔戀頭戀面，佮阿弘是真四配。

講起來隔壁的進添仔是庄仔內的先鋒，代先替個後生跛跤仔訂全庄頭一个外籍新娘，中國大陸來的，話語較會通。逐日綴電視咧罵的田水伯仔講，按呢咱會hőng統去，和伊佇榕仔跤行棋的溪水伯講，毋是啦，按呢是咱共個統去啦。

萬益叔仔藉口欲送虱目魚，順紲過去看彼新娘是生做啥款。

為著方便，逐家攏叫進添仔個後生「跛跤仔」，這佮刣豬的號做「刣豬宏」、賣飼料的叫「飼料誠」是差不多的道理。會叫跛跤仔，是因為佇鐵仔工場出意外。頭家講，賠償金的部分就減算寡，就繼續予跛跤仔蹛工場。進添掠做按呢嘛袂穤，像伊後生這款形敢有人會倩？

做一个查埔人的偏頭[19]，跛跤仔都敗了了矣。無法度騎oo-tó-bái去省道的豆干厝，連家己的身體也搖袂

行。準有氣力拚到遐，查某人遐十全[20]（tsáp-tsñg），
伊煞無通加圖（ka-ñg）。

這門生理拄引來到庄頭彼時，進添仔嘛無想遐濟，
就共小翠娶入門。有人佩服伊做代誌真規氣[21]，有人認
為伊傷過衝碰（tshóng-pōng）。但真罕得有人批評跛
跤仔是規氣抑是衝碰。橫直就是有一个某來過手矣。

萬益叔仔掠虱目魚去，雙手空空轉來，看跛跤仔娶
彼大陸新娘真會和，就來怨嘆家己生毋著時。小翠皮肉
白體格好，和當年庄仔內上婿的麗雲會比得，聽講麗
雲後來嫁去台北矣。這款的好料煞予跛跤仔捽去（sut-
-khì）。跛跤仔生一對雙生仔，一男一女，猶閣蹛佇工
業區的鐵工廠，生活穩定。

萬益叔仔想遮的代誌想規日。暗頓了後，來好嬸仔
共菜留佇桌頂，用桌崁崁咧。半暝仔，阿弘才共桌崁掀
開。

蟲豸（thâng-thuā）覕佇咧溫暖的塗lìn，人睏佇溫
暖的烏暗lìn。桌崁內的砛仔[22]都空空，阿弘的胃佮砛仔
平冷。過無偌久，阿弘的125佇堘仔的細條仔路點一逝
冷冷的電火，就欲來去做工課矣。

　　又閣是烏陰天，毋是食飯的時間，萬益叔仔對碗櫥仔內共平時貯湯的大碗公揳[23]出來。

　　伊躡跤尾，手伸入去橐袋仔揣來揣去，是欲揣對山頂廟寺求來的符仔，那看那像是咧扒骹邊[24]。

　　伊共 lài-tah（lighter，打火機）戛[25]予著，火對符仔尾直直燒到伊的指頭仔遐。火按怎近倚都無顫悶（tsùn-būn），萬益叔仔結趼[26]的手毋驚。神明的指令就來彎曲，烌落入去碗公內。萬益叔仔共符仔烌紮咧，車勻勻仔騎，驚去予風吹散去。

　　寒人的魚仔沉底歇冬，也無啥愛食料。落雨所致，魚池仔的水看起來加足冷的。落雨所致，萬益叔仔日日夜夜守佇塭仔邊。

　　雨滴跕水面，一點一點做水洑[27]，掖出去的飼料嘛是一點一點。綴飼料做伙飛出去的符仔烌，颺颺飛落水面。

　　這水，按呢袂直啦。

　　伊想講，今仔日蹽水去固定水車好啦。伊家己有一套理論，認為大寒來水按呢抐會冷較緊，魚仔嘛會較快

死，就按呢，伊就共水車禁起來。做全途飼魚仔--的，感覺按呢毋著，水車是咧拍酸素--的，哪會當關掉？萬益叔仔認為按呢會有效，就蹽落塭仔水矣。

「來好仔，你敲電話予伊彼个頭家王--ê。」伊對空氣喝。

過一站仔，才有聲音傳轉來。

「是按怎你家己毋敲？」是來好嬸仔。

漁會見若有啥物演講，通常攏是來好嬸仔咧去。來好嬸仔想講有免費的冷氣通吹，有時會有細包飼料，是真會和。紀念品領過手，人就佇台跤坐咧盹龜。

「我叫你敲你就敲啦！」萬益叔仔瞪腹肚大氣力共喝，符仔烌飛甲遠遠。

來好嬸仔無奈何[28]oo-tó-bái閣騎咧，沓沓仔轉去厝lìn敲電話，勻仔騎勻仔唸：「雨若閣按呢落，若是雨繼續按呢落乎（honnh）……」

這個時陣，阿弘當咧眠床頂，伊總是刣魚刣到早時八、九點才轉。

來好嬸仔轉來厝，袂輸入山洞，家具無、人聲嘛無，但知影阿弘佇咧。伊敲予屏東的頭家楊--ê、高雄

的頭家黃--ê，紲來閣敲予學甲頭家李--ê，但個攏講這馬工課滇矣排袂入去，閣來愛等一月日。來好嬸仔想欲大細聲，姑不將只好輕聲細說：「拜託、拜託先來掠阮的魚仔！」

舊年嘛是按呢，大寒進前袂赴搶收，賰一窟魚仔全反肚。今年來好嬸仔都做好萬益叔仔起酒痟的心理準備。別位飼魚仔--ê攏有趁，就伊年年塌錢[29]，性地迄穤嘛毋是一工兩工的代誌。

好佳哉來一个衫仔褲無沐塗的人，予萬益叔仔的火氣較消寡。經過塭仔tiŏng塗稜的時，逐家有注意著伊毋是遮咧飼魚仔的人，主動問伊欲揣siáng。彼个人講伊知影按怎行，就有好心的查某囡仔共報路。伊無講的是，伊的工課就是替人咧牽像這款的查某囡仔。

來好嬸仔看著萬益叔仔和彼个人話講真久，水聲lòng-lòng叫，聽無個咧講啥貨。看著尾仔萬益叔仔直直頷頭，敢若咧共說多謝，送伊離開。原來是來通知越南新娘最近減價，欲娶就趁這時。

碗公的符仔烌完成家己的使命，佇魚陣內底溶去，神明的保庇佇這曠闊的水內無所不在，今年的虱目魚有

向望矣。

　　收冬了後，塭仔內的水hőng放離離，佇遮爾大片
的水下底，是臭腥[30]的塗漿。庄仔內的人就風聲講阿弘
佮跛跤仔個某咧鬥。

　　猶是趕袂赴牽魚仔。大寒了後，市價雖然直直衝
懸，但魚池仔內賰無偌濟活的，死魚仔的價數是對半
刐。咧牽的時，一寡魚仔跳出網仔外掠做揣著活路矣，
煞佇岸邊曝焦去，無人去抾。胡蠅佇個身軀吮[31]，若雪
彼款的魚鱗咧飛。

　　罕得免去魚塭做工課，萬益叔仔四界去送虱目魚。
無論好歹，伊逐年攏會留幾條仔魚予親情五十，展講今
年收冬偌好拄偌好。欲予隔壁跛跤仔彼時，萬益叔仔跍
門口大聲喝，煞無人應。

　　彼日阿弘較晏轉來，萬益叔仔交代伊著掠魚仔去予
跛跤仔。

　　萬益叔仔唸阿弘是「迌迌囡仔[32]」，毋過伊欲走嘛
走袂去。萬益叔仔也無加問啥，就轉去房間歇睏。

　　佇這个倚海的所在，有一條東西向的大路，閣有一

結（kiat）結一个簡單的市仔，有便利商店和超市，有跋筊[33]的所在也有啉酒的所在。

伊較晏轉來凡勢是去筊間。Siáng攏知影內場[34]的後壁有議員咧伨，贏錢的嘛毋敢贏傷濟，輸錢輸起來是感覺安全有保障，毋驚警察來抄。阿弘會曉幾步--á，無稽通做去逼算罔兼罔趁。

佇遐，通聽著伊的換帖阿西咧畫虎羼[35]，講伊偌猛拄偌猛，豆干厝是強欲予伊挵破去，完事了後小姐閣會觸舌[36]，叫伊後擺閣再來喔。阿弘共黜臭[37]講，彼小姐是想欲加賺食寡爾爾啦。

筊跋贏，阿西和阿弘會對半分錢。阿弘提寡外路仔[38]去買一支手機仔，但是手機仔頂頭朋友煞無偌濟。是有一个查某學生敲予伊，ID號做「外送情人茶」。伊講免送矣，我有夥仔[39]矣，就按呢共應付，煞佮伊開講起來。伊呵咾「外送情人茶」，講按呢真好啊，毋免予人倩予人抽，算是家己做頭家囉。

這陣兄弟是袂提遮的代誌共伊詙，毋過阿西有時仔也感覺真厭癖[40]，阿弘定定講起家己的初戀，攏全款這句「伊對我真正好」，欲揣阿弘這款無文無句的人，有

影是無。

「有輸過，無驚過啦！」個繼續「十八啦」落去。通一直自由自在咧撋骰仔[41]，日子按呢就好，萬益叔仔嘛無講啥。

隔轉工，阿弘穿一條內褲，手揹兩尾魚仔，到跛跤仔個兜去挵門。伊無喝咻嘛無揤門鈴，就佇外口探頭探耳。跛跤仔的電動車無佇咧，阿弘想講伊應該是去上班矣。掠做跛跤仔無佇咧，想講轉去厝好啦。

後壁煞有門咧拺的聲音傳來，阿弘越頭看著小翠。阿弘罕得見著伊日時的模樣，頭鬃無縛，穿一領睏衫，手抱的囡仔當咧睏。

跛跤仔放小翠逐工佇厝 lìn 育囡仔、洗衫煮飯，庄仔內真少人看過伊。只有買菜的時伊才會出門，伊的皮膚就按呢無予南國的日頭曝烏。小翠目睭皮腫腫，看著阿弘，人就擋恬。

「啊…介個魚…給你們的…」阿弘講華語 ti-ti-tùt-tùt。「…我是…隔壁彼个飼虱目魚的。」

小翠聽是聽有，煞跍踮袂振袂動。阿弘看伊共攬佇胸坎的囡仔換去正手，予倒手有冗剩[42]，去揹貯魚仔的

塑膠橐仔。

　　阿弘鼻著囡仔身軀頂痱仔粉的芳味。小翠共囡仔自正爿換到倒爿的手曲內，煞予囡仔的手摸牢咧，睏衫予繃[43]甲袚輸布篷[44]。

　　「我替你搢入去好啦。」

　　就有人眼著阿弘行入彼間厝內矣。

　　逐家攏大陸新娘、大陸新娘共叫，後來庄仔內閣有幾个人共大陸新娘娶入門，為著分別，伊就予人號做跛跤仔的大陸新娘。阿弘是少數知影伊叫小翠的人。小翠嘛知影阿弘有一个興釣魚的阿兄，佇舊年過身矣。

　　萬益叔仔和來好嬸仔用虱目魚育這七个囡仔，個毋知影著愛閃牢花[45]，彼時的人按呢飼囝就通活，規口灶鬥做伙通組康樂隊抑是球隊。好天的時，會當趁著一台機車加上去市內食一頓好料；若是歹年冬，學費較晏納也是會得過，隔轉年就會當重新開始。新的虱目魚栽放落去，就會有新的希望。

　　彼陣仔阿弘囡仔時熟似的女同學拄過身。伊是欲去魚塭揣阿弘，佇路口hőng捘著的。塭仔的路遏爾狹，看有人佇頭前，正爿倒爿無地閃。毋是開車的人栽落

水，無就是直直向前。

　　阿弘一个查埔人，規工干焦想欲跳魚塭仔自殺，好佳哉有阿兄教伊釣魚。阿兄共伊炁去海墘[46]的駁岸[47]，魚釣仔放落，教伊釣魚。阿兄共講佗一種魚食餌較輕，佗一種魚愛先放冗才來搝起來，愛去佗位揣紅蟲、杜蚓仔佗位買上俗。

　　朋友攏講伊和魚相跂是專門科的，有影勢。個逐日去海墘仔報到，時間化做肉粽角頂頭的薰屎。氣好就通加菜，無釣著嘛會用得消磨規下晡。日子一下久，指頭仔頂帶一逝一逝釣線抑落來的血痕，較贏手節頂頭的刀傷。

　　佇幾个秋清[48]的暗暝，阿弘的125點一葩冷冷的車燈，為伊佮小翠炁路。庄頭佇個後壁，便利商店佇個後壁，阿弘的頭前是生荒的，後壁是燒烙的。

　　就佇阿弘平常時釣魚仔的駁岸，個兩人徛佇遐搧海風。

　　「咱這馬欲創啥？」阿弘問。

　　「欲創啥就創啥。」

　　「咱到底咧創啥？」

「毋知影。」

佢兩人徛真久真久。阿弘講的攏是以早的代誌，小翠恬恬佇遐聽。話那講，佢那發覺著兩人相賰的所在誠濟。佢攏愛食大箍--ê開的彼攤滷肉飯，佢攏捌愛人，佢攏是認命的人。

阿弘就講起，伊阿爸是愈來愈著急，總是講庄仔內的tsáu lâng是愈來愈少，對象無好揣。但伊就是無愛據在人安排，予人送做堆。當然介紹予伊熟似的查某當中，嘛是有看起來真嫷、真有氣質的。毋過自女同學過往，伊就無⋯⋯

「無啥物？」小翠問是問矣，並無想欲等伊的回答。

風湧佇佢面頭前咧滾絞，四爿面暗趖趖（àm-sô-sô），佢看袂著風湧，干焦聽著海湧的聲。

為啥物魚塭的塗稜遐狹，人若無張持就會跋落去。阿兄和阿弘做牽魚刣魚的穡頭十幾年矣，大姊阿梅順塗稜行離開這个所在，紲落來小妹也離開矣，佢猶是佇遮揤粗重--ê。毋但是半暝的工課，阿兄嘛踮家己厝lìn的

魚塭鬥相仝，倒飼料、割草仔。天欲光按魚市仔轉來，日時嘛做甲無閒甲。

萬益叔仔固定共兩兄弟扲月給[49]，當做是厝內的菜錢。阿弘共賰的一大半留做笨本，個阿兄攏是共錢儉落來。

萬益叔仔真滿意，按呢除了食穿，閣有賰一寡所費，會用做明年的飼料錢。

一日，阿兄散工了後就無轉來，萬益叔仔當做伊是走去做零星工（lân-san-kang）。遮爾骨力，為家己加趁一寡娶某本，萬益叔仔是鼓勵濟過煩惱，只感覺欠一个人佇厝內面鬥相共。阿弘就隨在伊去，規日佇房間顧電視，萬益叔仔看袂落去，閣較按怎共唸也無效。規氣叫伊出去開查某，免佇遐看著就鑿目[50]（tshák-bák）。

隔壁池的人走來共萬益叔仔講，佇魚仔反肚的彼口水池內，看著一个人的形。萬益叔仔就獨獨賰阿弘這个後生矣。

萬益叔仔佇咧計算明年愛開偌濟錢買虱目魚栽，最後決定莫閣冒傷大的風險，少少仔做就好。毋過伊袂因

為按呢就無量，該開的猶是愛大範[51]共開落。

　　阿弘照常佇欲暗仔轉厝，先共機車牽入去亭仔跤，才共魚釣仔囥予好。

　　伊先是看著跛跤仔坐佇藤椅頂。跛跤仔無穿工場的制服，煞穿一領樂泔[52]甲變米色的白siat-tsuh，siat-tsuh的一角垂佇伊變形的大腿。跛跤仔後壁是小翠烏金的頭毛，小翠穿一領裙帶長手裞的，一手抱囡仔一手拭汗。阿弘佇外口共釣線放開又閣收起來，收半晡久，緊慢猶是愛踏入去厝內。

　　「這馬是欲創啥？」阿弘講。

　　「你幾日前釣傷濟魚仔，媽媽想講咱三个食袂完，就招跛跤仔做伙來食。」萬益叔仔都坐好矣，碗箸嘛排好矣，就等阿弘上飯桌。

　　「真正古錐、真正古錐……」來好嬸仔行倚小翠，輕輕仔捻（liàm）伊懷中囡仔的喙䫌。

　　「Siáng叫咱兜出丁少，食袂完。」萬益叔仔補一句。

　　「趁燒趕緊來食。」來好嬸仔攑一副碗箸予阿弘，共伊拄到椅仔頂。

「阮翁仔某若等甲阿弘娶某，就會使來退休囉。」來好嬸仔那講那添飯，一碗滇滇予阿弘。

「像你按呢娶婿某，閣再艱苦我嘛甘願。」萬益叔仔講。

「歹勢啦！歹勢啦！這無啥好講的。」跛跤仔隨來掰手，一肢腳袂在，身軀也綴咧捒[53]。

「彼時跤變做這款形，準做我會獨身仔一世人。自共小翠炁入門，我就感覺……怎麼說…踏實…」伊刁工講華語予小翠聽有。

「真的有這麼…（華語）」凡勢是米酒的關係，小翠的面煞來紅。

「讓我把話說完…（華語）」跛跤仔的手輕輕搭佇桌仔頂。

「愛會記，娶某了後，伊的喉干焦會共當你嗲，毋通予伊亂講話。」萬益叔仔講甲煞家己笑起來，跛跤仔嘛綴咧笑。

「當初我相著小翠，就佇心內想，頂世人毋知燒啥物好香，才通娶著遮爾美麗的某。」

小翠無閒咧共飯菜研[54]予碎，一點仔一點飼囡仔

嬰，攑頭向跛跤仔文文仔笑[55]一下。

「兩个囡仔一工仔一工仔咧大，大漢的過兩年就欲讀小學矣。時間過足緊，猶毋過但是袂感覺家己啥物攏無…」跛跤仔越頭看小翠，「…對吧？（華語）」

「真的，我總覺得這囡仔特別巧，餵奶的時候眼睛轉來轉去，和別的囡仔不一樣。大的這個還會問我一些連我也想不到的問題，指著路旁問我遮是啥物字。（華語）」

「阮小翠嘛感覺你無較緊完成的是蓋可惜。」跛跤仔補充。

「這敢食會慣勢[56]？」來好嬸仔閣夾一塊魚皮予小翠。

「慣勢矣啦。也四五年了，睡這爿的床睡得比大陸老家沉。」阿弘用目尾共捽，伊看來好嬸仔的目睭內，嘛有全款的笑意。

較大漢的囡仔號做小皓，已經通家己坐佇椅條頂食飯矣。萬益叔仔一直夾魚肚予小皓，煞予小皓偷偷仔共魚肚夾予媽媽。

「你加食寡，加食寡才會勢大漢。」跛跤仔對小皓

說。

「沒錯，聽你爸爸的。」

但小皓一直幌頭，激予喙扁扁毋講話。

「莫按呢啦，等到你大漢，予你欲食啥就食啥，欲創啥就創啥。但是愛有食才會大啦。」

桌頂真緊就干焦賰魚刺矣。跛跤仔無出聲，小翠共囡仔放落來，攑杚仔予跛跤仔。小翠另外一手伸入去跛跤仔胳耳空，出力共揳，兩人就同齊徛起來矣。

來好嬸仔趕緊共碗砸仔整理理的。主客攏食甲真滿足，無留半項菜落來予阿弘半暝仔通煏來食。就欲離開前，跛跤仔佮小翠硞硞向個說多謝，招個另日仔去個遐食飯。

「你講，你昨暝敢有去作穡？」萬益叔仔坐踮藤椅和電視對對，阿弘坐佇邊仔角。

「無做工會當創啥？」阿弘講。

「通創啥？問你家己啊……」

阿弘毋講話。逐擺萬益叔仔咧罵人，無應喙是罵，應喙罵愈久，阿弘就放予神去（sîn--khì）。毋管萬益叔仔按怎大聲，罵伊共厝內當做是飯店、抐捅無路用，

伊干焦想講阿爸真正是老矣，連罵人嘛愛學連續劇。

「別人買的，你憑啥物共人用免錢--ê。」

「siáng共你講的？」

「攏去hőng搝[57]著矣， siáng講的無重要⋯⋯」萬益叔仔手插胳[58]，「⋯⋯欲，就家己娶一個。」

話講煞，萬益叔仔就轉去伊的房間矣。

「恁阿爸嘛無想欲規日共你唸。」來好嬸仔對灶跤行出來，踮踮阿弘邊仔。

「我當做你是佗位有問題，才一直無娶⋯⋯」來好嬸仔用煮食裙仔去拭目睭角仔，忍袂牢煞笑出來。

「閣想講欲共你補腎抑是炁你去看醫生，看這擺按呢，我就放心矣⋯⋯」

來好嬸仔先是笑，煞定去，落尾忍袂牢吼出聲。

「我無問題、無問題⋯⋯」伊輕輕仔去搭阿母的尻脊骿。

萬益叔仔共這五冬儉落來的錢攏予阿弘。來好嬸仔向土地公請幾日仔假，講這站仔無法度逐工去廟lìn摒掃。伊無閒咧整理厝內，共原底囥漁具的房間摒做新人

房。阿弘就去越南一逝,轉來的時,阿西走來問伊坐飛
行機是啥物感覺。

　　萬益叔仔按算將來新婦娶入門,逐個月會加一兩萬
的收入。拄好變天魚栽仔當落價,伊窸倏[59]去買一批新
的魚栽仔。魚栽仔數量比以早較少,愛好好顧遮的魚,
萬益叔仔和來好嬸仔又閣上山拜拜,祈求保庇今年的魚
仔閣肥。

　　水池仔內的水閣滇起來矣,內面猶未挼符仔炎,干
焦虱目魚栽。

　　坐飛行機前幾日,阿弘攏走去釣魚仔,煞逐日空軍[60],
冰桶佮出發的時攏平重。伊無戴安全帽仔,規路吹風轉
去。電火柱一支一支過去,沿路是「外籍新娘二十萬保
證處女」、「信耶穌得永生」和「天國近了」的貼紙,
有的貼做伙,變成「信耶穌得越南新娘」。

　　佇海垾仔邊,伊想起細漢看阿爸放魚仔彼時。伊
佮阿兄欭[61]佇面盆邊仔,面強欲去沐著水。面盆內的虱
目魚栽像飯粒仔遐細,閣是半通透的(puànn-thong-
thàu--ê),佇水內動內動去,一下無注意又閣泅對別
跡去。伊佮阿兄攏咧挼[62]目睭。這點遮爾仔細竟然會做

遐爾肥、遐爾長的一尾銀色的魚仔。

　　賣魚栽的頭家手捧一塊重色的碗，撈水起來，倒入去另外一跤塑膠盆仔。若田嬰[63]彼款按呢輕輕仔踮水面點一下，碗內的魚栽仔就滿滿是。頭家勻仔撈，勻仔共魚栽仔的數量唱做一條歌。

　　伊歡歡喜喜佇邊仔走來走去，聽數魚仔歌（siàu-hî-á-kua）。等歌唱煞，頭家就知影栽仔攏總有偌濟尾，阿爸嘛來確定數量，共魚栽載轉去。阿爸愛趕佇三日節[64]進前，共放入去塭仔。

　　彼幾日，跮跮仔散工轉去厝lìn，飯桌仔頂的菜是誠豐沛[65]。伊問小翠，哪會有海魚仔通煮。

1　稜 lîn：田埂、田壟。

2　頭人 thâu-lâng：首領、領袖。

3　khóng-ku-lí：水泥，混凝土。

4　香烌 hiunn-hu：香灰。燃香或燒符所餘下的灰燼。

5　癩𰣻 thái-ko：骯髒。

6　牲醴 sing-lé：牲畜宰殺潔淨之後的祭品。

7　鹹洊 kiâm-tsiánn：味道。

8　手囊 tshiú-lông：袖套。

9　鑢 lù：刷洗、刮洗。來回用力摩擦的動作。

10 蓄 hak：購置較大、金額較高的財產。

11 跤梢 kha-sau：腳褪下來的皮屑。

12 必巡 pit-sûn：龜裂。裂縫。

13 散工 suánn-kang：零工。

14 羼脬 lān-pha：男生的生殖器。

15 憢疑 giâu-gî：懷疑。

16 料小 liāu-siáu，不牢靠、薄弱。。

17 鵤 tshio：形容雄性動物發情的樣子。

18 魚鰓 hî-tshi：鰓。魚類的呼吸器官。

19 偏頭 phinn-thâu：利益、好處。

20 十全 tsáp-tsñg：完滿、齊全。完美無缺憾。

21 規氣 kui-khì：乾脆。做事直接乾脆、不拖泥帶水。

22 砓仔 phiat-á：盤子。

23 挈 khéh：拿取，獲得。

24 骹邊 kái-pinn：鼠蹊部。指大腿與下腹部相連的地方。

25 戞 khiat：輕輕地敲擊。

26 結跰 kiat-lan：長繭、結繭。

27 水泱 tsuí-iann：漣漪。

28 無奈何 bô-ta-uâ：無可奈何、不得已。

29 塌錢 thap-tsînn：貼錢。賠補不夠的錢。

30 臭臊 tshàu-tsho：腥臭。形容魚或肉類有葷腥的氣味。

31 吮 tsńg：用嘴巴吸取、剝除。

32 迌迌囡仔 tshit-thô-gín-á：小混混、不良少年。

33 跋筊 puáh-kiáu：賭博。

34 內場 lāi-tiûnn：莊家。

35 畫虎羼 uē-hóo-lān：說話喜歡吹牛，誇大不實。

36 觸舌 tak-tsih：發出嘖嘖的聲音，讚美他人的意思。

37 黜臭 thuh-tshàu：揭人家的瘡疤、短處。

38 外路仔 guā-lōo-á：外快。

39 媳仔 tshit-á：女朋友、馬子。戲謔的稱呼。

40 厭癢 ià-siān：厭惡、倦怠。

41 撚骰仔 lián-thâu-á：擲骰子。一種賭博的方式，以骰子的點數多寡
來決定輸贏。

42 冗剩 liōng-siōng：寬裕。

43 繃 penn：繃緊、拉緊。

44 布篷 pòo-phâng：帳篷。

45 閃牢花 siám-tiâu-hue：避孕。（新造詞）

46 海垺 hái-kînn：海邊、海濱、海岸。

47 駁岸 poh-huānn：堤防、河堤。

48 秋清 tshiu-tshìn：清涼舒爽。

49 月給 guéh-kip：月薪、月俸。

50 鑿目 tshák-bák：礙眼、不順眼。刺眼、扎眼。

51 大範 tuā-pān：大方。

52 漿泔 tsiunn-ám：漿洗。

53 捘 hián：搖晃。

54 研 gíng：磨。

55 文文仔笑 bûn-bûn-á-tshiò：微笑、淺笑。

56 慣勢 kuàn-sì：習慣。

57 撨 tsang：逮到、捉到。

58 插胳 tshah-koh：插腰。

59 窸倏 sī-suā：趕快。

60 空軍 khong-kun：空手而歸。

61 挾 kheh：擠。

62 挼 juê：揉、搓。手指頭用力壓、揉。

63 田嬰 tshân-enn：蜻蜓。

64 三日節 sann-jit-tseh：每年農曆三月初三。

65 豐沛 phong-phài：菜餚豐盛。

巖仔
Giâm-á

　　透早只有兩三个遊客上山，靜修攏佇這咧時仔去趨崎彼爿挽菜。伊揹一跤菜籃仔，行石梯落來。前山兵營的阿兵哥逐日攏出操走山路，對山跤走去到山頂，個喝一聲口號，山嘛應一聲。口號誠齊齊[1]，一遍閣一遍，聽久心神嘛平靜落來，袂輸是伊的早課。

　　伊共菜種佇膨起來的山坪，挽菜的時，會當遠遠看著行步道的人，嘛會當看著駛過來的車。當年，伊是對頭前面跙起來的。大崗山（Tuā-kang-suànn）有頭前後壁兩个出入口，後山的路較平坦，前山的路加足崎的，定定有三、四十度的山路。當初時，為啥物欲揀這條歹行的路咧？

　　兩爿的入口攏有山門，頂懸寫「大崗山風景區」幾个大字，牌樓跤有人咧排擔仔[2]。對伊來講，山門是伊

活動的界線，閣過去，就是紅塵俗世。以前伊是絕對毋敢落山的，買物件攏去龍湖寺的寺埕，用家己種的芋仔、菜頭佮其他師父交換布料、雪文粉[3]。拄著（tú--tióh）才會到山門邊的路邊擔仔買水果，上遠就到遐爾爾。

最近伊較捷落山，攏是法性陪伊鬥陣去的。這馬的超市愈開愈大間，就連這種庄跤所在的店頭，嘛咧賣一寡伊毋捌看過的物仔，和伊今仔起來彼當時差真濟。有一改，伊停落來，看店員使用一个家己會轉的拖布予逐家看。店員共水倒伫塗跤枋，拖布揉（jiû）過去，輕輕鬆鬆轉幾下仔就焦[4]矣。法性摸伊的袈裟，伊才回神轉來。以早，伊只要加買一个碗盤抑是杯仔，大師父就會共唸，按呢敢像一个出家人？這馬，是無人會唸伊矣。

除了定定傷好奇予人降[5]目尾，論真講，落山對伊的負擔毋是蓋重。無人會注意法性佮伊有相襉的目眉，對大部分人來講，師姑大概攏生做仝一个款。彼寡收銀員、店頭家攏毋知伊過去的代誌。毋過別人若加看一下，伊心內就會起驚，是毋是予人認出來矣。

逐擺經過牌樓，伊猶是慣勢欶一口大氣。

當初來到遮，伊予人當做是異類。伊是少數幾个捌字的，愛負責共冊頂頭的道理講予其他人聽。冊頂頭的字攏毋是真好認，有以早住持抄寫落來的經文，也有油印的，但是品質無講誠好，字毋是缺角就是油墨點[6]開。

彼時伊真濟道理是愈看愈無，有時懷疑是毋是印毋著字去。這寡冊和伊較早讀的無仝，無完整的立論抑是嚴肅的理路，較成咧看故事。有一寡故事無啥物因端，譬如講佛陀的後生羅睺羅（lô-hiòh-lô）的故事。

有一日，做客的比丘尼共羅睺羅的房間佔去，將伊的衣缽（i-puah）攏擲佇門跤口，羅睺羅毋知欲按怎才好，就徛佇埕斗等待。忽然間落大雨，羅睺羅無所在通覕，伊只好入去便所內底歇跤。內底空氣無好，閣有真濟胡蠅咧飛，伊只是恬恬坐佇遐。彼時有一條烏色的毒蛇對山洞內爬出來，趒入去便所。羅睺羅只是恬恬佇便所內，禁氣忍耐。佛陀知影了後，就共規定改掉，予沙彌（sa-bî）比丘會當蹛仝間。

頭一改聽著這个故事，伊心內就有真濟問題。

是講，佛法到底佇佗位？是徛佇埕斗[7]等待？是佇咧便所忍耐？抑是會當蹛全室？

大師父講，佛法就佇巖仔內。大師父穿一領補甲一塊一塊的殕色袈裟（ka-se），目睭瞌瞌。伊坐佇石頭頂懸看，雨落，雨停，師父拄著仔嗽一聲，扒癢，徙位。日頭漸落，師父才起身，越頭過去，去捀清飯[8]摻一點菜脯，就是一日當中唯一的一頓。

伊看新聞紙頂咧刊大師父的故事，心內真憢疑，歇熱和幾个同學來到遮。新聞紙頂寫講佇南部的山洞內，有一个少年家咧苦修，嗽焦啉露水，腹肚柝食清飯，會當三個暝日攏踮山洞內。個坐火車來台南，到台南了後閣盤[9]慢車來到大湖車頭，佇車頭包一台野雞仔車到山跤。佇前山的牌樓仔叫司機放個落來，沓沓仔行上山。彼時牌坊較矮，個閣佇遐翕相，敢若觀光客。

個是全班的同學，攏是好額人[10]的千金小姐。彼時的人若無幾甲地，厝內的查某囡仔是無才調通讀到大學的。個無食過啥物苦，袂堪得行石頭仔路，個閣那踞那開講，欲暗仔才到山洞口。

　　跙山彼時仔開始，伊就有hőng騙的感覺，敢若前半世人攏活佇一个餾（liū）好好的戲劇。佇彼个戲劇內底，無彼佇路邊討食的人、無倒佇塗跤的烏跤病人。入山的路，兩爿全裂囊散甲[11]的艱苦人，欲共個分一寡仔慈悲落來。

　　隔轉年，伊就欲嫁予阿爸安排的一个頭家仔囝矣。伊的姊妹仔伴嘛攏有對象矣，下擺會當按呢出來，毋知是啥物時陣囉。讀大學只是一个過程，予個會曉陪綴、佇人客面頭前講好勢的話。

　　路坎坎坷坷，一个同學跤目[12]去踤[13]著。到這馬，伊已經袂記伊的名矣。有時，伊連家己的名嘛記無啥會起來。毋過，伊會記得彼个同學堅持欲上山，其他的人照輪的扞伊起去。拄開始，個猶有迌迌的心情，踮山路邊扶一寡花鉼佇衫頂懸。彼个siáng，閣將家己的頭鬃攏摠（tsáng）起來，假做是尼姑。個愈行愈恬靜，一方面是忝矣，閣來是離廟寺那來那近，彼爿一點仔聲都無。

　　看著彼座巖仔的時，個恬恬無講話有十分鐘久。騙人的啦，同齊來的遊客有人按呢講，一工食一頓，敢有

可能咧？有人是半信半疑，佇邊仔講，少年和尚可能身體閣真勇健，才堪得按呢修行。一陣人就共這個少年和尚圍咧講細聲話。

　　伊無插伊，雙手合十咧坐禪。伊的身軀毋是蓋清氣，個這陣少女半講耍笑，看siáng敢去共摸一下。

　　一直到欲落山，無人有彼个膽去摸。

　　到山跤了後，個都無賰偌濟錢通食飯，共紮來的錢大部分攏予巖仔內底的少年師父矣。

　　伊佮姐妹仔伴佇菜堂食暗頓，暗時睏佇予信眾過暝的護龍仔[14]內。隔轉工，逐个包袱仔款款的準備欲落山的時，伊煞坐佇眠床邊。

　　「我無愛轉去。」

　　其他同學掠伊無法。

　　拄開始，伊閣是帶髮修行。個阿爸專工來遮共面會，共講只要伊轉去台北，若是無愛讀冊、無愛嫁攏會用得，欲創啥就創啥。阿爸覆佇塗跤，彼當時伊有機會準拄煞，綴阿爸落山。但是毋知為啥物，伊的心已經予巖仔內的光景佔佔去矣。伊共阿爸講，伊欲閣修一站

仔，才轉去台北。佇遮食菜、誦經、化解別人的痛苦，
算做是善事。

　　彼當陣，伊日時起床就做早課共住持學習，去菜堂
遐鬥洗菜、摒掃佛堂，暗時做陣食素齋，和入門的尼姑
睏仝間。逐日按呢做伙咧修，袂輸蹛佇學寮[15]，只是往
過的姐妹仔換做師姊。毋過，伊煞無時間去巖仔彼爿。

　　住持認為山洞內的師父無蓋正派，無贊成伊去遐學
習佛法。想袂到就算來到遮，真濟代誌猶是予別人來安
排。苦修的一寡功課像割菜、剉竹仔，伊佇厝內真罕得
做，頭起先伊閣感覺有淡薄仔心適[16]，但是過無偌久體
力就袂堪得。一直到下晡坐禪的時，伊定定坐甲強欲睏
去。

　　一日中總算有閬縫[17]，予伊閬港[18]去山洞遐，看覓
巖仔內的少年師父敢真正像報紙寫的遐奇。報紙講伊干
焦啉露水就會當活，閣會曉醫病。

　　伊踮人較少的石梯上山，真濟所在無發草，光尾尾
（kng-khù t-khùt），伊穿的草鞋鞋底都磨甲破去。伊
行一兩點鐘，日頭咧欲落山矣，轉去若hŏng掠著一定
會予住持揍[19]。毋過就已經出來矣，伊共家己講，就莫

想遐濟。

這改，伊才共山洞內底看予清楚。石壁頂有螺仔殼的形模，和鑿仔錯（tshiah）出來的痕跡，所在差不多一个半樓仔闊。入口頂面有寫「西方聖境大石洞」，字有點仔歪膏揤斜[20]。外口坫一跤金爐，洞內底鋪一沿布，布下底舒坦橫的thài-ià[21]。

伊看內底無人，就沓沓仔行入去，用指頭仔摸石壁。

「你佇遮創啥？」

頂改來帶淡薄仔垃儳[22]的師父今加足清氣的，目神看起來和進前無仝。

「我來看這是按怎修？」

大師父問講哪會無看過伊，靜修講伊是新來的。

「按呢敢袂予住持罵？」

無要緊，決欲出來就註定會hőng罵。靜修講伊進前佇新聞紙頂就看過大師父，所以想欲來看覓咧。

「真濟人攏毋信，愛親目睭看著才知，」師父講。

大師父的手慢慢仔摸起來矣。

半山的住持講，百年前這座山沉佇海底，是一个珊瑚，所以才有遮濟山洞。伊半信半疑，遮爾懸的山敢有法度對海底夯起來？住持勻仔共伊剃頭，勻仔講滴水穿石的道理。

儀式完成，伊看鏡內底的家己，像一个完全無仝的人。

轉去了後，伊確實去予住持罵甲丕丕，罰跪規下晡，連紲一個月愛來摒糞埽。為著規心踮佛法，伊決欲受戒。佇重修無偌久的佛堂內，新點點的觀音佛祖對伊微微仔笑。

無偌久，伊開始eh-eh-吐。閣無偌久，住持就請伊離開廟寺。清淨的佛門袂用得留伊，伊只好包袱仔揹揹咧，對山頂去。巖仔內的師父看著伊無講啥，嘛無共伊鬥揹包袱仔。自彼日了後，靜修咧叫的「大師父」，就換做腹肚內囡仔的老爸。

有身了後，伊毋敢行傷遠。電視台開始放送出家人有身孕這款稀罕的新聞，伊變甲比師父閣較出名。阿爸無照約束閣來看伊，山跤的世界變做按怎伊無清楚，毋過阿爸一定有看著新聞。日時上山的路會窒車，真濟人

欲來看大腹肚的尼姑。山洞無門，也無法度鎖，靜修只好走去竹跤覕。風吹過竹林，發出ki-ki-kuáin-kuáin的聲，後頭走相逐[23]的人才毋敢闖入來。

腹肚一日一日仔大，大師父講伊欲去朝山，物件款款咧就離開西方聖境大石洞。巖仔內賰伊一人。

「這張予你，予我摸一下。」

開車經過的人手伸出來，撥伊的手節。

伊將揹佇尻脊骿[24]的布袋仔拥[25]出去，擎著輯車的ián-jín蓋，又閣落佇路邊。伊向腰落去抾，目屎流落來。

大師父講，頂世人伊有一段姻緣猶袂修完，這世人愛通過考驗，才會當成佛。世間的一切攏是修行，有身孕也是一款修行。事實就佇面頭前，欲走嘛無路。

自彼時，伊就佇山坪彼跡空地仔整理，拍算種一寡菜，生囝仔了後通好去賣，賣無就家己食。雖罔有咧講，查某人若牢花[26]袂用得攑鉸剪[27]、柴刀，但伊猶是逐日去刜[28]樹仔，共山坪變甲干焦賰低草仔。伊共蹛半山的菜姑討種子，向腰落去挃種[29]。

　　順月的時，山坪菜葉就生出來矣，有茼蒿、芥菜、紅莧菜。伊菜挽到一半，煞感覺腹肚咧割。伊毋敢去病院，只好佇山洞內生囝。大師父朝山猶未轉來，半山的菜姑落山去叫產婆，幾个仔師父起來鬥相共[30]，攢燒水、跤桶、鉸刀，共伊拭汗，準備好欲轉臍。經過一時仔久，幾若个菜姑抱一个咧哭的紅嬰仔，佇巖仔內那哭那笑。

　　紅嬰仔出世無幾日，大師父就轉來矣。毋知敢是傷久無食肉的關係，伊的奶飼嬰仔是無夠。嬰仔不時咧嘛嘛吼，吼聲佇山洞轟轟叫，攪吵大師父入定。

　　「按呢是按怎求佛？」

　　大師父蹛洞內一站了後，就閣行出去矣。靜修毋知伊欲去佗久，就起身去作穡。掘塗的時，伊感覺著心內的平靜。佇遐，伊會當遠遠看著踮山的人和駛過來的車，若是有人欲來欹[31]，通抱紅嬰仔去覕。

　　囡仔生落來了後，來共狗鯊[32]的人全款猶是遮濟。有的人看著個，抾塗跤的石頭就欲共擗。頭起先伊會閃，落尾就照原本的路行，喉內一直唸。

　　「南無阿彌陀佛，南無阿彌陀佛，南無阿彌陀

佛……」

　　遮的代誌，大師父嘛知。靜修共投，向（ǹg）看有同情或保護無。大師父煞共靜修講，就算無頭毛，綴佇伊後壁的查埔人也是規thôo-lá-khuh。

　　上山的人毋知有幾个是欲來朝山的，閣有幾个是欲來看鬧熱的。牌樓仔跤的水果擔愈排愈濟，賣弓蕉、菝仔攏有，個個趁飽飽。靜修規氣來收費，看一改扐二十。

　　也就是遮的二十箍，共個三个囡仔晟養大漢。生頭一个囡仔的時，有的人講個是去hőng下藥仔，有的講個做伙晟養一个烏跤病的查某囡仔，因為外口落雨，靜修無法度轉去寺內，只好佇山洞內過暝。雖然無人知影，是按怎睏一暝就加一个囡仔出來，上無按呢交代會過。後壁閣生兩个，人就講甲足歹聽的。山跤的人懷疑個是毋是假出家真騙財，和電視底的食肉和尚全款。

　　就算是靜修家己，嘛毋知影是按怎代誌會到這種地步。

　　新聞紙頂閣有個的版面矣。山跤彼幾个庄頭的人攏

知影矣，半山廟寺內的師父雖然無咧插俗世的代誌，消息嘛傳甲通人知。見若禿囡仔出門，行到佗位攏有人綴。出名唯一一步好，是會當加收寡二十箍。大師父共伊講，遮的囡仔毋是俗世的也毋是教派的，是咱的。靜修感覺著，只賰個兩人會當互相了解。

個用出家衫共囡仔包咧，替個圓頂號法名。自會曉講話開始，大師父著愛囡仔修佛。就按呢，囡仔毋叫爸爸顛倒稱大師父，對靜修就稱二師父。囡仔杳杳仔大漢，一直到有一日，來一陣教育局的人，想欲共個禿去學校。

教育局的人頭擺來，就予大師父驚著，大師父用木魚共摼[33]。個閣意思意思來幾逝，就毋來矣。了後，大師父吐一口大氣共法性講，真少人有這種福報，自細漢來出家，專修靜苦。靜修心內煞淡薄仔希望做官的通共囡仔禿去。

靜修就用早前的佛書，揀一寡較簡單的予囡仔捌字。毋過佛書實在傷困難矣，囡仔認無幾字，顛倒共字句烏白鬥。伊只好去半山跤，用伊種的茼蒿交換尪仔冊[34]。大師父看著是半山的物件，規个人起狂，樹枝

攑咧欲捽囡仔。靜修擋佇面頭前，大聲喝講「莫閣拍
矣、莫閣拍矣」。三个囡仔抱做伙，也咧細聲唸阿彌陀
佛。

　　到今，個攏是袂予師父操煩的大人矣。山洞外口一
間兩層樓的鐵厝，是這幾冬起造的。來大崗山的遊客毋
比以早，山洞佇山路尾溜的分叉路底，會行來遮的一晡
只有兩三个人。法淨共原底排佇門跤口的涼水和雞卵
冰，捒去大路邊；法性替人相命解厄，人攏講相了閣真
準，行來遮的人大部分是欲揣伊的；細漢後生落山了後
就去成家立業，毋知過了按怎。幾十年來，靜修早時做
田，下晡修行，都慣勢這款生活矣。

　　草仔是挽甲差不多矣，伊物件收收咧，準備欲轉
去。遠遠伊看著一台白色的轎車，直直駛倚來。這時真
罕得看著有人會遘早起來。拄開始伊感覺無啥貨，共草
鍥仔[35]囥入去籃仔，行對巖仔後壁去。

　　大師父過身進前，交代伊愛起一間廟，愛將伊封做
開山祖師，頂頭寫伊這世人求佛的故事。靜修照伊的意
思做，倩人雕一身柴雕，祀入去一間磚仔厝內。毋過伊

將廟起佇巖仔後壁，更加揜貼[36]，罕得有人會去迣。

山路只有伊一个人，伊共籃仔揹咧行踮路中央。過一个彎了後，伊閣看著仝一台白色的車，向伊遮駛過來。伊緊來倚路邊走相閃。伊眼著車內的人，一男一女兩个，駛車的查埔面憂憂，坐佇邊仔的查某喙唇咬絚絚，按怎看都無成出來迌迌。彼台車行對巖仔彼條路入去，發覺是一條無尾巷，佇內底踅一輾，閣駛出來。

伊心內真憢疑。若定定盤山路，路草[37]該當真熟，袂加箍這輾。

「敢是來送貨的？」伊入去問法淨。

「看車就知影毋是囉。」

「敢是來問事的？」伊問法性。

「毋是。」

靜修行出來，綴彼台車行對另外一條叉路遷去。個無駛遠去，彼台車煞停佇一欉茄苳樹跤。查某人落車，佇樹仔跤戛lài-tah。靜修鼻著風吹過來的薰味。查埔人嘛咬一支薰，和查某人的面掠相倚。伊用查某人彼點著的薰頭，去焐咬佇喙口的彼支薰。兩人恬恬仔徛佇遐咧看山跤的景緻。

對彼位，會當看著規个平洋，種稻仔的田較黃，種水果的田較青。天氣若清和，閣會當看著海。靜修也定定徛佇遐，毋知個看著的風景，敢有相襇？

薰食了，查埔人共後斗拍開，提一包火炭出來，坐入去車內。查某人綴咧入去。

靜修決定欲過去。伊勻仔行，勻仔看車內的動靜。彼查埔查某應該嘛感覺真怪奇，是按怎佇這款所在會有尼姑出現。

「阿彌陀佛。」靜修行向車窗邊，雙手合十，車窗沓沓仔擴[38]落來。

「師父好，阿彌陀佛。」

查埔人對伊頕頭，邊仔的查某嘛頕一下。

「恁敢是行毋著路去？」

兩人相對看，一時仔講袂出話。查某人看對頭前去，又閣去看靜修。

「阮嘛無欲去佗位，烏白行行咧爾爾。」

查埔人聽著了後，嘛綴咧應。

「是啦！阮起來看風景，無啥物目的，就踅踅咧。」

　　靜修去巡車內底，衛生紙擲佇後壁的皮椅頂。拄才彼包火炭，就佇跤踏仔頂。

　　「行毋著路嘛無要緊，會記得落山的路就好。」

　　兩人閣相對看一站仔，查某人代先共師父講多謝。

　　「多謝師父。」查埔人嘛綴咧講，一手咧拍kì-ah[39]。

　　「落山的路對遐去，愛會記，落山的路對遐去。」

　　「多謝師父、多謝師父……」

　　個全聲應，靜修文文仔[40]笑，紲來行倒退。

　　轎車就來bak-kuh（倒車），沓沓仔翻頭回轉去。車駛入去大路了後，愈駛愈緊，車仔尾愈來愈遠。

　　「落山的路對遐去。」靜修又閣講一遍，親像咧講予家己聽。

1　齊齊 tsiâu-tsê：整齊有序。

2　擔仔 tánn-á：攤子、攤販。

3　雪文粉 sap-bûn-hún：肥皂粉、洗衣粉。

4　捘 tsūn：擰、扭轉。

5　降 kàng：生氣地瞪人。

6 黗 tòo：暈開。

7 埕斗 tiânn-táu：院子。

8 清飯 tshing-pn̄g：不加入其他調味或配料的白米飯。

9 盤 puânn：轉換。

10 好額人 hó-gia̍h-lâng：有錢人。

11 裂囊散甲 li̍h-lông-sàn-kah：衣衫襤褸、落魄不堪。

12 跤目 kha-ba̍k：腳踝。

13 踐 tsuāinn：扭傷。

14 護龍仔 hōo-lîng-á：廂房。

15 學寮 ha̍k-liâu：宿舍。

16 心適 sim-sik：有趣。

17 閬縫 làng-phāng：空出時間、抽空。

18 閬港 làng-káng：開溜。逃離現場。

19 揲 tia̍p：鞭打處罰、修理。

20 歪膏揤斜 uai-ko-tshi̍h-tshua̍h：歪七扭八。歪斜不正的樣子。

21 thài-ià：輪胎，來自日語外來語

22 垃儳 lâ-sâm：骯髒。穢氣。

23 走相逐 tsáu-sio-jiok：賽跑。你跑我追、互相追逐的遊戲。

24 尻脊骿 kha-tsiah-phiann：背部。

25 擛 hiù：用力甩出去。

26 牢花 tiâu-hue：有身孕、胎兒著床

27 鉸剪 ka-tsián：剪刀。

28 刜 phut：用刀子砍。

29 掖種 iā-tsíng：播種、撒種。

30 鬥相共 tàu-sann-kāng：幫忙。

31 敧 khia：故意、刁難。

32 狗鯊 káu-sua：向婦人講性擾的話。

33 擽 kiat：用力丟擲。

34 尪仔冊 ang-á-tsheh：漫畫。

35 草鍥仔 tsháu-keh-á：鐮刀。

36 揜貼 iap-thiap：形容一個地方人煙罕至，或者較為隱密。

37 路草 lōo-tsháu：路徑、路況。

38 攄 lu：做類似推的動作。

39 kì-ah：日文，ギア，排檔桿。

40 文文仔 bûn-bûn-á：稍微、一點點。

等鷺
Tán-lōo

　　我坐佇大學校園的研究室曲跤，思考我的碩士論文愛按怎來完成。我已經讀第五冬矣，教授前幾日開會共我講：「你留落來做博士好啦」。嘛毋知教授是欣賞我的才情，抑是咧圖削[1]我共碩士當做博士咧讀。

　　就按呢，我就攑筆來寫。其實研究本身已經做甲差不多矣，數字、文獻早就準備好勢，只是貧惰[2]共寫落來。我拍開*Word*，輸入論文主題《烏面抐桮[3]遷徙行為的初探》，踏話頭[4]寫完，就閣停落來矣。

　　我想起彼片茄花色的天，日頭像一粒咧關機的電腦主機抑仔[5]，彼片光後壁有看袂著的程式咧運作。佇彼个日佮夜、海佮陸的交界，一切攏變做看袂透的雺霧。

　　勇伯恬靜成做一欉茄藤仔（ka-tîn-á）。

　　有真久一段時間，阮攏袂用得倚近海邊仔，聽講遐會有敵人跍起來，庄仔內的人對海垺仔無啥了解。我問阮爸，海邊仔有啥物？伊講伊嘛毋知。我對別人毋知的物件特別有興趣，彼段時間阿爸無閒插我，伊逐日攏愛共家己的影種入去田裡，拄著（tú--tióh）閣愛共人鬥修電器。這幾冬，拋荒[6]的地是愈來愈濟，逐家閣毋種作。鄉長講，咱庄農會的粟仔倉就強欲空去矣。

　　我佮我的囡仔伴騎跤踏車去海邊仔，有人講遮早前是Si-lá-iah（西拉雅）的大社，我干焦看著豆奶店的大炊床、廟口一蕊一蕊的帆布雨傘、空地仔的狗屎，閣有汽車貸款的廣告。

　　騎閣較遠咧，風景漸漸改變。電火柱頂懸競選宣傳貼甲滿滿是，磚仔厝後壁有像蛇咧趖的水路。水路發（puh）彎彎斡斡的臭殕味出來，嘛共街仔路拗彎做迷宮。半路不時仔出現一欉欖李、紅茄苳抑是茄藤仔。這款植物無照正範[7]咧生，無啥物特色，也無啥物理路，佇維士比空罐仔擲甲規四界的湳仔地[8]發出來。

　　水路邊的人家共屎礐仔[9]起佇咧水面。居民像美軍咧擲炸彈，屎佇水路頂磅開，開一蕊美麗的香菇雲出

來，昨昏消化了的食食[10]像一隻艋舺駛對大海去。水面浮一沿虹（khīng），你趴佇橋頂金金看形狀萬千的曼陀羅（mandala），袂記得鼻仔當咧予糟蹋。你好玄彼內底敢有藏啥貨，譬喻一隻放水流的死狗。

日日的翻流[11]佮浘流[12]，予水路沓沓仔改變，水道的形狀，你按怎想嘛記袂起來。

有一改，我佇一片曠闊當中吹風，干焦聽著跤踏車鍊仔吱吱叫的回聲。佇茂茂的烏樹林內，我雄雄感覺後壁的溫度有各樣[13]，我像一隻咧曝日的龜，驚甲毋敢振動。

「是人抑是鬼？」

伊恬恬無講話，我閣講一遍。

「是啥貨？」

勇伯徙動一公分，帽仔頂的樹枝代先振動。

「恬恬啦！攏予你驚了了去矣啦！」

伊去敆我的頭殼，一篷水鳥飛起來，我頭殼內也若像有一陣水鳥窸窸窣窣[14]。我注神一下看，伊佇日頭遐爾焱的熱天穿一領神仔，面模仔抹塗灰，掛一跤圓框仔目鏡，頭殼頂是迷彩跲山帽。毋知為啥物，伊戴這種四

界宣傳「我是冒險家」的帽仔。

　　勇伯對彼袂輸大砲的翕相機看一站仔，沙馬仔[15]佇空口咧探，花鮡[16]黏佇咧湳塗毋敢烏白趖。規个湳仔地，親像攏咧等伊吐氣，共相機抑落，才敢繼續進行落去。

　　無好的siah-tooh啦！伊講話的日本腔是帶真重。

　　彼日伊就無翕矣，顧咧佮我這个少年家開講。

　　彼時我才知影，咱庄的海邊仔，有一陣無咧做工課、無咧共影種入去田裡的人，個和勇伯全款是鳥友。個有一寡共同的特色，譬喻攏佮意塗色的登山帽仔；個總是共車停佇咧麻黃頭前，紲來行半點鐘的路到海邊仔；個車頂有貼鳥仔的貼紙，有的貼佇車窗，有的貼佇車尾。

　　我紮一條童軍椅，佮勇伯做伙坐佇漸漸沉落去的軟塗頂，等待彼日頭嘛漸漸沉落去。我無遐爾好運，會當定定看著個講的烏面抳桮，有時是一寡丁香鳥[17]、水尖仔[18]。烏面抳桮是無法度接近的動物，你若向頭前加行幾步，個就會飛到幾若米外，你愈行，個飛愈遠，

飛到無人逐會到的海口。勇伯講，伊真興彼逐袂著的物件。

阮定著愛佇幾若座球場遐遠的所在恬恬仔等。有一个叫先明叔的鳥友胃腸無好，有時屁關袂牢無細膩就放甲一个，煞共規篷鳥仔全驚驚去，予其他鳥友唸。抑有鳥友為著逐烏面抐桮，開車逐踮後壁，駛海岸公路一路上北。

個佇彼片茂煞煞的樹葉下跤，樹根和鬚是發甲。我都無家私[19]通看著遐的鳥仔，只好佇鳥友的召鏡[20]之間巡來巡去，看彼號形一撮仔一撮仔。講到遮我才想著，佇我讀研究所進前，我生目瞤嘛毋捌看過烏面抐桮。鏡頭下跤，個看起來若瘼仔遐爾細，和相片頂面的無仝。

烏面抐桮量其約[21]是佇九月底到十月會到阮家鄉彼片，對鳥友來講，若揣做前頭一个看著就通囂俳[22]規冬。個有時為著誰是頭一个看著烏面抐桮的咧冤來冤去，點對方咧品功[23]、割稻仔尾[24]。勇伯逐甲上認真，人猶少就早早去等。我若閒閒無代誌，嘛會去佮伊坐。

有時等袂著，伊就和我講東講西，教我按怎翕相。

伊講，「攝影」這个字傷嚴重啦，講翕相就好，「自
拍」嘛是翕相。伊對基本的光圈仔、siat-tah[25]、食光的
時間，講到框仔的角度按怎掠、按怎撚摵[26]深淺，伊敢
若共我當做徒弟仔，共烏樹林準做教室，直直講，攏毋
知煞。

　　勇伯認為好的相片有分幾若種。一種是佇某一个特
殊的地點翕落來的，像去西藏、太平洋、巴黎鐵塔，較
近的例像安平古堡。去到遐了後，揣一个好天氣，好光
線，共眼前看著的景緻掠落來。袂少雜誌的封面看起來
就是這款的，有好機器、好所在、好時機，就會當得著
按呢的相片。

　　另外一種是翕某一个罕得的時刻、一目𥍉仔，抑是
相連紲進行的瞬間。機會無濟，若無注意就會相閃身
去，有的人等到死蹺蹺也等無。

　　翕烏面捌梧，難佇佗位咧？大概就難佇這个定著愛
節遠、欲近閣蓋儂的距離，伊共一切的技術總縛牢牢。
閣加一个黃昏，就有通要矣。黃昏時，光線本底無蓋
濟，愛知影遐爾遠的光，欲到咱這爿只賰一點仔囥爾
爾，會當予鏡頭翕入去的，有影是少。

　　上好的相片，至少對勇伯來講上好的，是彼種共家
己的精神囥入去的相片。所以伊學烏面抐桮的叫聲，彼
是一款像拍開柴門i-i-ia-ia的聲音。伊嘛學烏面抐桮咧
揣食的模樣。個若咧討食，無用目睭，是用個長長的桮
去叨[27]，鳥仔喙若一肢手抐抐咧去觸[28]魚仔，所以用抐
這字來形容個。抐湯抐屎，意思嘛欲全欲全。個和風走
相逐，佇水面寫一逝一逝的痕落來。

　　勇伯跍佇塗跤，頷頸圖長，共家己的手股擛振動，
學鳥仔咧飛的屈勢。彼時我才知，原來人的影會當飛起
來。

　　無的確，彼時，伊就知影欲造路的消息。便若暗頭
仔到，勇伯心內的砂石仔就會鬆塌。一點鐘、兩點鐘、
三點鐘過去矣。佇伊靜靜守佇菅芒內的時陣，心神嘛恬
恬翻過幾若擺的翻流佮洘流。

　　有一改，我佇無烏面抐桮的時季去勇伯個兜拜訪，
發現伊對落日咧流目屎，才知風聲講--的確有影。

　　彼改是我共借三跤馬[29]和雲台[30]，欲來拍學校的影
片。影片拍煞，烏面抐桮嘛轉去矣，伊就無閣去海垺仔

退矣。

我去伊蹛的所在欲共機械還伊。伊蹛佇店頭仔街分叉出來的巷仔內。所在毋是蓋闊，煞是透天的別莊，和其他的低厝仔隔一條巷仔。門口埕種幾欉仔蓮霧，塗跤猶有一排塗庫，是以早做田的痕跡。厝干焦兩棧樓，厝頂有日本式的烏瓦，離離落落掛一堆天線。

門口佮厝身干焦差幾步，毋過有鐵仔做的圍閘擋咧。斟酌看，鐵圍閘並無鎖起來，愛我家己來開煞毋敢。

我猶咧揣電鈴的時，就瞭[31]著伊佇窗仔邊的面模仔。面容是無啥表情，看起來若親像戀戀咧等翁相的時機，煞閣感覺伊的靈魂無佇咧這間厝。我毋知伊到底是按怎矣，是歡喜抑是艱苦，是快樂抑是悲傷。伊一直倚佇窗仔邊，兩粒目睭內底，有黃錦錦[32]的落日。我看無啥明，空氣內面的稀微煞湠入我的身軀底。

我無法度閣行一步入去矣，我無想欲近近看伊徛神[33]的模樣。

遮的人送禮，總是佇門跤口叫幾聲仔厝主的名，若無人應，就共果子、羊奶，抑是家己種的冬瓜，囥佇門

跤口就先來走。等厝主轉來的時，伊自然會知影是啥人
送的，閣會感覺淡薄仔驚喜。毋過翕相機械這號貴重的
物件，我就歹勢按呢就共囥佇遐。

姑不將共機械揹轉去。

有時，看相片親像咧看一件一件誠實[34]存在過的物
件。但是有時陣，看誠實存在的表情，煞親像咧看一張
一張的相片。

勇伯講過，古早的人掠做予翕相機翕著，魂魄會去
予攝攝去。所以個予人翕著的時，面容袂輸咧著生驚。
你無法度阻止別人翕你，目一𥍉，你就去予翕相機攝入
去矣，跤手較緊嘛袂赴擋。欲攻欲擋一絲仔就煞，睭一
个一个走投無路的靈魂，是憤慨抑是傷悲，是遺憾抑是
驚惶？彼是濟濟款情緒相疊起來的情緒，看著的人，無
任何物件會當來參考。家己毋捌有彼款情緒過，欲準有
拄過好來體會，是真僫咧。

阿爸拖長長的影轉來矣，問我攏走佗位去。伊怨嘆
工課做規日，嘛無加幾箍仔銀出來，長長的影煞愈促
（tshik）愈短。

　　我講我攏騎車去海垵仔，閣有彼勇伯仔的代誌。阿爸講伊想無，為啥物有人會遮爾興一堆漉糊糜[35]？彼个勇伯，明明有個阿爸留予伊的祖公產，煞毋好好仔經營，偏偏欲和人行街頭選代表，尾仔選甲輸輸去。牽手過身了後，規日佇厝內無代誌做，自按呢，逐日去逐烏面抐栖，這所--的真正是盼仔。聽講是著鬱症，彼是傷閒的人會致的病。

　　我按算閣揣時間去共三跤馬還伊，毋過我是無法度用平常心來看勇伯仔。我佇心內咧臆，伊是怎樣佮烏面抐栖咧抶。

　　聽講伊選代表彼時，提出來的政策鼓舞真濟人，個的影全離開田地行對街頭去。彼改選舉真有拚，地方的角頭只好落重招。選舉結束了後，支持伊的人轉去繼續種作，那掘塗那笑笑仔講，當初閣講啥物咱毋免閣逐日佇遮作穡，會當家己決定欲創啥就創啥物，啥物欲改革農會。個愈講，愈感覺著家己，彼當時的天真和這馬的跤踏實地。

　　阿爸提醒我莫學勇伯仔，伊彼幾台仔相機，逐台攏會當打（tánn）一台車的額。咱這款人怎買會起，猶是

認命共影囝踮塗跤。

　　彼日袂輸咧請人客，庄內國中體育館的人是䘸[36]甲，差無花籃仔、花箍仔，無總鋪師佇路邊咧無閒爾爾。遐是阮庄的活動中心，幾十年前就起好矣，符合彼當時對秩序（tiȧt-sū）的要求，四正四正徛佇路口。運動會、結婚、請人客全佇遮舉辦。講台彼頭掛國父，另外一頭掛先總統，個兩个相對看，村民和個做伙啉喜酒跳恰恰，阿桑和個做伙跳土風舞，佇個精神訓話下跤，歡聚閣離別。

　　我綴人行入去體育館，本底空閬閬的體育館坩滿鐵椅仔，人坐一半遐濟。人聲佇場內倒彈，予會場內直直有onn-onn叫的聲。有的人刁工[37]揀佇咧上後壁，離門上近的位，有人準備萬全，坐踮頭前排。個為著欲討論敢欲開一條新的公路，攏來到遮，彼條路會破過湳仔地，對咱庄迴到外口去。

　　舞台頂，架一條桌仔，幾條椅仔，等待不凡的尻川坐落來。我代先看著先明叔，伊大力攄手，毋過伊無看著我。伊和一陣鳥友穿短裰仔戴帽仔，若像共遮當做野外。

　　閣拖一站仔後，市政府、議員、區長、教授一个一个發言，村民佇下跤用喙形拍暗號，向久無見的親友相借問。等到欲提問題的時，氣氛總算鬧熱起來，親像拄才入來會場的時全款，逐家的身軀佮話語齊去揣家己的位。

　　里長伯徛起來講話，伊是彼款會佇請辦桌的時大聲招呼，家己行去台頂唱卡拉OK的人。Mái-khùh傳到伊的手頭，會像攑（giȧh）鐵輪全款共夯（giâ）起來，後壁有人咧喝咻共幫贊[38]。

　　「咱遮人口已經流失去矣，庄仔內干焦賰老人佮囡仔，這恁敢知？阮只是希望這條路會當起造爾爾tah。若有路，就有人通行，有人入來咱庄頭，少年人就會當轉來矣tah。」

　　伊語尾（gí-bué）牽一字咱遮特色的tah，毋知影的人掠準是檳榔擔、路邊擔、點心擔的擔，敢若咧描寫咱遮的風景全款。

　　「咱遮真濟人攏是靠飼魚仔賺食，這寡野鳥暗時四界飛，偷吮咱漁民的心血。咧看鳥仔的這寡人，敢知影

咱作穡人的艱苦tah……」

「外地來的憑啥物對咱指指揬揬[39]……」

「嘿啊、是啊」的聲音佇活動中心內淹起來，公文批殼、鼓舞造路的傳單、反對造路的傳單，若紙船佇聲音的海面，浮浮沉沉。

最後，會議結束佇「開路是媽祖婆的指示，不可違抗」這句話頂頭。議員擛mái-khùh用丹田的氣力，共這个結論放送出來，佇體育館內拍箍踅。

彼條桌仔hōng拎入去倉庫，尊嚴共收起來。

好佳哉彼日勇伯無去，若無，伊可能會佇聲音的海裡反船。閣有人直接對反對造路的人嚷[40]，叫這寡鳥友離開遮。

勇伯一直想欲翕一張理想的相片，共伊家己的影，掛佇湳仔地的樹枝頂，向望一隻鳥面抐桮來共叨去。

來到咱庄的時，個選擇歇佇內海仔，個對水沿真計較，愛彼款徛咧浸會到跤頭趺，閣袂沐著翼股[41]的懸度。個綴地球佮月球的交互作用咧行，佇雺霧的海坪來來去去。個表面看起來真恬靜，其實和這塊海墘仝款，

杳杳咧徙振動。

　　暗時，個會分開去揣食，去附近的魚塭仔、倚內陸的鹽埕，有時會到幾若公里以外的所在。受著工具的制限，罕得有個暗時活動的相片，研究者嘛無蓋了解個。然後，佇後一个日頭出來的時，個閣恬恬倚咧遐。

　　烏面抐桮行蹤不定，個為啥物遷徙，到今猶是一个謎。個佇南北韓交界的軍事管制區巡邏，若無，就是佇無人島嶼的崎壁頂，一斗閣一斗出海。個佇遐活甲好好，為啥物欲來咱遮咧？

　　甚至個啥物時陣出現佇人類的歷史，嘛有真濟爭議。勇伯肯定講個古早時代就會來咱遮矣，西拉雅人佇遮逐鹿仔的時，應該有看著個。

　　烏面抐桮予人發現來記錄，無超過兩百冬。做研究時，我共所有的文獻巡透透，佇台灣是史溫侯（Swinhoe）上代先寫著個。伊佇期刊寫講，伊的朋友「拍獵成功」，佇淡水掠著烏面抐桮，過十幾工，又閣掠著兩隻。咱都真僫去想講，全烘肉味佮人陣的淡水河海口，是按怎有這款嬌滴滴的鳥仔，更加無法度想像史溫侯的朋友，是按怎共個拍落來。伊呵咾講：「看啊，烏面抐

梧的謎題就欲敨開矣！」

　　史溫侯用科學的態度來對待個，剖開個的鳥仔毛，會先看著恐龍祖先留落來的Y字型叉骨，史溫侯共逐支骨頭的角度量一遍，而且比較個骨頭的重量。結束了後，史溫侯感覺家己為科學做一擺誠心的奉待[42]囉。伊佇路尾加註，抐梧的肉真好食！

　　走揣烏面抐梧謎底的過程並無按呢就結束，所以我才會佇遮咧做實驗。每一个時代攏會用家己的方式來開破[43]烏面抐梧，有一段時間認為是演化影響個，最近科學家相信個的基因內底，有飛去遠兜的衝碰[44]，才會甘願擔幾千公里的危險，飛來飛去。

　　日本的鳥類學家捌來阮庄做研究，記錄彼時烏面抐梧的數量，量其約有五十隻。落尾因為禁止村民去海邊仔遐，烏面抐梧就無文獻記載矣，敢若拍毋見（phàng-kiàn）全款。彼時，勇伯就孤身來到遮，共濟濟烏面抐梧的形影掠落來。

　　濱海的公路有一座看遠的台仔，遊客經過的時，袂去插塗跤的紅線，就共車停佇路邊。個共車門拍開，自

貨車、油罐車、轎車駛過的路頂落車，去彼座台仔看四
界，攑手機仔翕相。有的人踮遐五分、十分，有人一下
徛就是一點鐘。一寡ùn-tsiàng（司機）嘛停落來，看
家己平常時超速相閃過的景緻。普通時仔大聲叫喝的，
共下跤手人洗面的，做粗工的，攏予海收收起來。

勇伯共伊到今滿意的作品印做光批[45]，佇台仔遐分
分予人。伊用古意的喙舌講，這就是烏面抐桮，是毋是
真媠？逐家攏歡歡喜喜共收落來。相片是翕了真正媠，
有的人會自內底揀家己上佮意的一張出來，有的人是各
款攏提一組起來，橫直[46]勇伯就是袂感覺拍損[47]。

勇伯那分光批那問我，公聽會個咧講啥物？

我講，個就冤來冤去，若像無啥物結論，可能閣愛
加開幾擺仔會。彼个講開路是媽祖婆指示的議員，就是
當初佮伊拚選舉的彼位。

伊大大聲佇台仔頂講話，向所有的人宣傳烏面抐桮
的珍貴、美麗佮神秘。按呢的聲音並無予海湧的嘵呲[48]
崁過，就直透迵入去在場所有的人的耳空內底。大部分
的人越頭看伊一下仔，然後慢慢越過去，顧看家己的風
景。我嘛退到台仔的邊仔角，假做和伊無熟似。有的出

來耍的囡仔認真共聽，問個爸母彼个人是咧講啥貨。

　　鳥仔無來的時，我毋知勇伯是按怎度過一日閣一日的下昏[49]。伊的囡仔攏出外矣，一个佇高雄，一个佇台北，聽講嘛袂堪得伊彼若揖仔（tship-á，籐壺）的固執，所以共放佇遮。勇伯為著欲去逐烏面抐桮，共一間厝提去抵押。

　　咱遮的人大多數是真樂觀。感覺烏暗的時，就去點一葩光明燈。宮廟內有真濟助印的佛經、了凡四訓，教會嘛會分免費的聖經。個定講，你愛相信東方有一个西方極樂世界，西方有東方三博士恁你去揣耶穌。

　　毋過，東方的理想國度佇西方，西方的理想國度又閣佇東方。按呢，毋是行過去閣倒轉來？到底會當停佇佗位？

　　會開幾擺了後，路猶是決定欲開。

　　為欲共論文完成，我順今有的路來駛，車底載滿器材，閣有眩車[50]的同學。阮停佇發草的路的邊仔，靴管[51]穿好勢，行對彼條欲開的路去。村民的向望無隨動工，干焦先用鐵鈑共圍起來，共內海仔佮塗岸隔開。

我佇彼條隱形道路的起點，對同學的手頭，共烏面拎栖承[52]落來。伊是一隻鳥仔囝，進前食物中毒，倒佇塭仔邊予人發現，阮共伊救轉去研究所，好禮仔來飼，過一段時間的靜養，就好完全矣。

確認衛星發報器運作正常了後，阮共鳥仔輕輕放踮隱形的路面。伊的跤一步一步向前，塗是愈踏愈厚，跤印愈來愈濟，紲來就無跤跡矣。伊共後蹬[53]勾起來，躘[54]予懸。白色的身軀佇天頂漸漸無去，鳥仔影猶閣佇塗跤頓[55]。終其尾，連影嘛看袂清楚矣。

就算阮看袂清，拎栖仔囝身軀頂的發報器猶咧放送座標的訊息。無的確，透過一改閣一改的確認，咱就會當了解烏面拎栖飛行的路線。

野放了後，我請同學佇車頂小等一下，我家己一個人對舊鹽田會社的路行去。拄開始是點仔膠路，路面的熏屎若天星散挔挔。紲來是塗沙仔路，我的目睭予颺起來的沙仔塊甲裀袂開。踏落湳仔地，跤步漸漸重，不時出現塑膠罐仔抑是生荒的墓仔地。厚thut-thut的葉仔對鹹水地生出來，過幾個暝日，葉仔尾閣發種子出來，種

子夠分了後落落（lǎh--lóh），插踮湳仔地。我手機仔
的信號嘛一格一格落落來，就按呢行到路的盡尾。

村民想欲一條路，向望四方五路的車駛過來，車潮
共人陣毛來，人陣共錢水毛來。

起廟的計畫歡歡喜喜提早來進行，簾簷的剪黏就
閣活起來矣。一隻一隻的紅鶴，降落佇咧哨脊（tshio-
tsit，燕尾脊）頂，南極仙翁騎的是上大隻的。軟
莎莎[56]的鳥仔毛是有篤[57]的瓷仔所做，逐支毛都倒照日
頭光，翼股下跤ánn暗影落來，予仙鳥閣較有靈性。
活lìng-lìng的鶴佇庄仔內降生，村民互相祝福松鶴
（siông-hók）延年、竹鹿（tik-lók得祿）平安。

尾仔我閣來湳仔地，就揣無勇伯矣。我問其他鳥
友，嘛毋知伊人去佗位，凡勢是逐鳥面抐桮逐到別位去
矣。

我想勇伯是袂傷偃揣。就去路邊巡，看敢有貼鳥仔
貼紙的車，內底坐的可能就是伊。

落尾我才知，個貼佇車面頂的鳥仔圖是鴟鴞[58]，並
毋是欲顯示愛鳥的心，是驚鳥仔無張持去拚著玻璃。

　　我嘛才知影，欲暗仔勇伯坐佇烏樹林內，是咧逐時間。漸漸冷去的日頭，共規个世界照一下敨敨，內海仔的水全予日頭光洗汰[59]做金沙。勇伯將家己變做一粒孤老（koo-láu）的浮崙，佇心內和家己相戰。風共金沙吹振動，烏面抐栖的翼股，佇金鑠鑠[60]的沙仔內底颺颺飛[61]。

　　海徛仔[62]的色水，銀帶殕報兆來，光線勻勻仔抑低，大海染日頭的色緻，天頂和天跤下全溶做伙。

　　「你講，今年個敢會來？」彼是上尾擺見面，伊問我。

　　「會，個逐冬攏會來。」我講。

　　「相機敢會當借我？」我一時心適興。

　　「是欲創啥？」

　　「予我你就知。」我對伊笑一下。伊共頷頸的皮帶遛[63]起來，將相機交跕我手頭。相機重橫橫，我險險仔遛手就予輾落塗跤，彼誠實是一个危險的物件。

　　我看對鏡頭內的世界去，彼日毋是好天，就幾隻烏色的剪影，看袂出來是啥物鳥。伊面對大海，看甲

出神，帽仔遛起來現規部的白頭鬃，像枘梧的箭翎
（tsìnn-lîng）。

　　無的確，伊佇頭殼內咧諏想，枘梧白色的鳥仔毛共
彩雲捆過，一點一點，點著一寡淡開的色水。佪佇天頂
跙幾若輾，才沓沓仔共雙跤伸長，佇有雲的水面降落，
長長的鳥仔喙，又閣規陣來到人間。

　　我共快門揤落，翕著伊失神的模樣。

　　無張無持，伊共頭越過來，叫我莫翕矣。

　　「就當做是練習。」我講。我提相機予伊看，予伊
看家己的目睭，看家己目尾的皺痕。伊講我翕了閣袂
穤。

　　過幾工，伊共相片洗出來，提來欲予我。

　　「這是你的相片，你家己留咧就好。」我推辭。

　　「無無無……這張予你。」伊講。

　　伊共彼張相片送予我，講共當做等路[64]。我轉去問
阿爸「等路」是啥物？阿爸講彼是祝福的意思。

1 剾削 khau-siah：譏誚。用諷刺的話去責問他人。

2 貧惰 pîn-tuānn：偷懶。

3 烏面抐桮 Oo-bīn-lā-pue：黑面琵鷺。

4 踏話頭 tàh-uē-thâu：書前的序言。

5 揤仔 tshih-á：此處指電腦開關按鈕。

6 拋荒 pha-hng：田地棄耕，讓它任意荒廢。

7 正範 tsiànn-pān：正規，常理。

8 湳仔地 làm-á-tē：溼地、沼澤地，也通稱含水份較多的土地。

9 屎礐仔 sái-hák-á：茅坑。早期的廁所。

10 食食 tsiàh-sit：飲食。

11 翻流 huan-lâu：漲潮。

12 洘流 khó-lâu：退潮。

13 各樣 koh-iūnn：異樣、異狀。

14 窸窸窣窣 si-si-sut-sùt：形容細碎的摩擦聲。

15 沙馬仔 sua-bé-á：招潮蟹。

16 花鰍 hue-thiâu：魚名，彈塗魚的一種。

17 丁香鳥 ting-hiunn-tsiáu：紅燕鷗。

18 水尖仔 tsúi-tsiam-á：鷹斑鷸，為台灣常見冬候鳥。

19 家私 ke-si：做工用的工具或道具。

20 召鏡 tiàu-kiànn：望遠鏡。

21 量其約 liōng-kî-iòk：大概、大約。

22 囂俳 hiau-pai：囂張。

23 品功 phín-kong：邀功。

24 割稻仔尾 kuah-tiū-á-bué：坐享其成。引申罵人不勞而獲。

25 siat-tah：日語，シャッター，指拍照時的快門。

26 撨摵 tshiâu-tshik：調度。安排配置。

27 叨 lo：咬、啄的動作。

28 觸 tak：頂的動作。

29 三跤馬 sann-kha-bé：三腳架。

30 雲台 hûn-tâi：固定攝影器材、望遠鏡和其它光學測量儀器底部的轉向軸。

31 瞭 lió：眼睛快速掃過，瞄一下的意思。

32 黃錦錦 n̂g-gìm-gìm：形容顏色金黃。

33 踅神 sėh-sîn：神情恍惚的樣子。

34 誠實 tsiânn-sit：真實的、真的。

35 漉糊糜 lȯk-kôo-muê：爛泥。稀爛的軟泥。

36 袂 kheh：擁擠。

37 刁工 thiau-kang：故意。

38 幫贊 pang-tsān：幫忙、幫助。

39 指指揬揬 kí-kí-tuh-tuh：指指點點。

40 嚷 jiáng：大聲斥責、叫罵。

41 翼股 sit-kóo：翅膀。

42 奉待 hōng-thāi：奉養。

43 開破 khui-phuà：解釋。

44 衝碰 tshóng-pōng：衝動。

45 光批 kng-phue：明信片。

46 橫直 huâinn-tit：反正。

47 拍損 phah-sńg：浪費、損失。

48 噗呲 tshih-tshū：耳語、講悄悄話。

49 下昏 ē-hng：晚上。

50 眩 hîn：眼睛昏花，看東西晃動不定。

51 靴管 hia-kóng：雨鞋。

52 承 sîn：接受、承接。

53 後蹬 āu-tenn：腳跟、腳後跟。

54 躘 liòng：躍起。

55 頓 tùg：蓋、印。

56 軟荍荍 nńg-siô-siô：有氣無力的樣子。

57 有篤 tīng-tauh：結實、堅固。

58 鴟鴞 bā-hio̍h：老鷹。

59 汰 thuā：以清水漂洗。

60 金鑠鑠 kim-siak-siak：形容物體的顏色閃閃發亮。

61 颺颺飛 iānn-iānn-pue：隨風飛揚。

62 海徛仔 hái-khiā-á：蒼鷺。

63 遛 liù：脫、褪。

64 等路 tán-lōo：訪友時帶去送給友人的禮物。

Siat-tsuh（シャツ）[1]

雲玲轉來了後，蹛佇阿顯個兜隔壁。厝是阿顯個阿公阿源公放予伊的。較早的人總是認為「有土斯有財」，祖產袂清清彩彩共賣掉。有寡半老老[2]猶原信這套，時常咧共序小叮嚀，無厝業的莫娶，無田地的莫嫁。聽起來是較過時矣，毋過講一句實在的，少年時若聽這話照咧做，拍拚來蓄田園、買厝地，到老應該會粒積[3]袂少。

因為這款觀念，阿源公佇舊街上興旺的時，共三間連棟的厝買過手，彼代誌都半世紀進前的矣。這幾年變化真濟，一條新的車路通矣，車攏對彼爿去，舊街漸漸恬靜落來。阿源公猶是毋甘共厝賣掉。

按呢也好，阿源公現此時是愈來愈淺眠。若像舊時遐爾仔鬧熱，規暝全oo-tóo-bái的聲，是欲按怎睏會落眠。

阿源公家己蹛佇向路邊倒手爿彼間。中央彼間秀面上懸、有派頭閣大範，予阿顯個爸，也就是阿源公的先生仔囝蹛。庄內的人攏叫伊溫醫師。見若有人說起溫醫師，阿源公總是喙笑目笑。

對國校校長的職位退任了後，阿源公大部分的時間佮牽手屈佇厝內。若毋是有啥物校友會、婚喪喜慶、宗親聯誼，跤步罕得踏出去厝裡。伊趕佇五十五歲進前退休，若無，聽講退休的年限又閣欲來延。阿源公的好日子傷長矣，長甲好日子嘛會予時間透薄[4]。毋過阿源公知福惜緣，日日攏會喙一寡無全的滋味出來。

有厝有後生踮身邊，無想欲有傷濟改變，嘛想袂著會有啥物改變。按呢就好，按呢就好。

彼一日，雲玲共包袱仔款款咧，踏佇咧十幾年毋捌轉來的舊街。是西點店的麭拄烘好出爐的下晡三點，路裡有溫溫仔的麵粉芳。家庭理髮的剃刀照常onn-onn叫，籤仔店的頭家拄加盟便利商店，換新的khǎng-páng起去。

土狗Sí-loh（しろ）覆踮阿源公的跤邊咧歇睏，恬

恬仔感受對塗跤傳來腹肚的清涼。遠遠仔，伊就聽著跤
步聲，耳仔夯直直，無張持吠一聲。坐佇椅條仔當咧睏
晝眠夢的阿源公，予伊吠甲規身軀清汗[5]，雲玲穿一領
siat-tsuh，白色的，若像咧銀行食頭路的行員。伊手揹
和家己身軀平大的袋仔，直直對三連棟趔行過來，到半
路嘛無放落來歇睏，嘛無佮個阿爸請安。

　　伊掠對邊仔過，停佇咧厝門口，無看著個小弟。一
个少年婦人人[6]來接待，請雲玲入來坐。雲玲眼著伊繻
一條頷巾，頷巾光通帶水色，帶淡雅的白花。平常時
仔，敢有人會佇厝內妝甲遮幼秀呢？

　　雲玲共少婦講：「你先去無閒，我坐遮等就好。」

　　「無，我替你敲一通電話。」彼个少婦講。

　　「對乎，叫我瑪莉就好。」

　　雲玲離厝進前，伊的小弟溫醫師猶獨身，真濟序大
搶咧介紹查某囡仔和伊熟似。這个瑪莉應該予遮的人攏
死心囉。

　　這段期間，外牆仔予天氣保養了真好，磚仔無啥雨
痕，嘛無予日頭曝甲必開[7]。顛倒是大同電鍋毋知是按
怎夭去，換一台日本進口的。日本電鍋的功能是有較

少，炊粿滷肉攏無蓋好用，煞對瑪莉無啥影響。毋過，
對雲玲的老母來講，有電鍋無電鍋是真要緊囉。

鞋櫥仔頂有幾雙細號的鞋仔，後面竝一條低椅仔。
桌角邊仔嘛囥幾條低椅仔，椅仔頂畫熊、兔仔，閣一寡
古錐的狗。

伊看甲戇神，瑪莉行過來共點醒。瑪莉講，溫醫師
當咧看診，實在行袂開跤，可能愛點外鐘才有法度轉--
來。毋過，溫醫師愛瑪莉共講，遮予伊蹛是無要緊，愛
伊免煩惱。

瑪莉先出門去接囡仔，愛雲玲莫客氣，佇客廳通
放較輕鬆咧，遙控提去轉（tsuān）。雲玲無啥咧看電
視，毋過猶是共開關揤落。伊驚若無電視，厝內會傷過
恬。

過一時仔，先入來厝裡的是阿顥，瑪莉綴佇後壁。
無偌久，溫醫師也轉來矣。雲玲坐佇膨椅頂，對阿顥頕
頭。彼是伊頭一改看著這个囡仔，比伊想的加較活潑，
無像溫醫師細漢時退閉思[8]。做囡仔時，雲玲閣會刁工
掉杜伯仔[9]去共這个小弟嚇驚。阿顥對伊擛手，溫醫師
吩咐講愛叫阿姑。雲玲無啥會曉應付囡仔，問伊幾歲、

讀佗位，阿顥那笑那共應。

　　三連棟正手爿彼間，平常時仔是來囤物件，像診所無咧用的儀器、治療椅。溫醫師共會使賣的攏清出去，摒一棧樓出來，予雲玲蹛佇遐。

　　自彼時開始，雲玲佇飯桌仔頂就坐佇阿顥的邊仔。阿顥佇懸懸的原木椅仔頂，跤踏袂著塗跤，佇半空中幌來幌去。一直愛等到阿顥的跤愈來愈長，踏會著塗跤了後，伊才發覺厝裡袂因為有雲玲大姑來加煮幾項菜。

　　「去叫大姑來食飯。」溫醫師慣勢穿一軀白色內衫，早早就坐佇膨椅看新聞。siat-tsuh掛佇門口的衫仔架，ne-kut-tái[10]囥佇鞋櫥仔頂。

　　「你家己去叫啦！」瑪莉麋煮好，才轉去房間內捘頭毛[11]。打扮齊好勢，伊紅朱的指甲扞[12]樓梯扞仔，才沓沓仔行落來。

　　「啊就囡仔人啊，予伊出去行行咧。」溫醫師講。

　　「咱這條街仔路遐爾濟車。」

　　「和市內比，咱遮車減足少的啦。」

　　溫醫師閣共阿顥催，叫伊去隔壁。

「按呢，敢欲順紲叫阿爸過來食？」瑪莉問。

「免，毋免矣。有共菜捀過去矣。」

「啥人（siáng）捀的？」

溫醫師毋講話，繼續看伊的報紙。

橫直阿顯嘛愛去雲玲大姑彼爿，媽媽的規矩會當莫插，加看幾分鐘的bàng-gah。

「阿姑！阿姑敢佇咧？」

雖然雲玲遮和另外一爿是仝間格的，這爿看起來煞加足料小。

「較停仔就來……」

雲玲大姑講話像粗紙咧磨，對樓頂傳落來。

「心肝仔阿顯，你就先坐頭前。」

「坐遮？」阿顯拖一條椅仔過來，拖的聲予人起雞母皮。

「就是遐。」

遮的客廳和厝內的，生做完全無仝，無膨椅、無囥瓜子、無招待人客的茶米，干焦電視是相𫔘的。塗跤除了一寡無拍開的行李箱仔，就無其他家具矣。毋過，遮有袂少尪仔，機器人的、超級英雄的、恐龍怪獸。阿顯

坐佇踞看規排的迌迌物仔，斟酌[13]看彼毋捌看過的。

桌頂雜誌報紙滿滿是，阿顯好奇去掀來看。封面攏是查某囡仔，有的看起來面熟仔面熟，可能是電視頂面捌出現的歌星。個穿的衫攏有夠好看，有手袂頭若喇叭的，有戴膨紗帽仔的，嘛有領頸垂銀線的。予伊印象上深的是一个抵花布崁面的查某囡仔，目睭干焦現一蕊出來，看著是真閉思。

阿顯對遮的冊是無啥興趣，煞真佮意看彼頂面的身穿。伊的興趣和一般的查埔囡仔較無仝，愛看《魔女DoReMi》、《小紅帽恰恰》，看一遍了後閣看第二遍，攏是佇大姑遮看的。伊希望大姑會當較晏落來。

雲玲大姑穿siat-tsuh行出來了後，會共手架佇阿顯頭殼，坐佇邊仔綴咧看，予伊加拖五分十分。有時阿顯看著精彩的，無想欲走，雲玲會予伊一身（sian）塑膠尪仔。

阿顯架佇雲玲大姑身軀頂，伊的siat-tsuh料身會變真濟款。大部分是POLO衫，有一个人騎馬的號頭，有時是較硬掙的阿麻料（a-muâ-liāu）。伊總是共衫仔角楔[14]入去懸腰的牛仔褲，熨斗熨過的三條線溜雲玲的

胸坎過。

「來食飯矣，雲玲。」

等雲玲入來，溫醫師早就佇桌頂矣，一軀白內衫也無換。瑪莉連鞭共招呼，予伊坐佇阿顯隔壁。

「來遮齜喈[15]矣。」雲玲逐擺攏會講。

「加一雙箸爾爾。」

「毋過煮是瑪莉咧煮啊！」雲玲話是真客氣。

「原本就愛煮的，也袂偌費氣，菜加買寡就好。」瑪莉對雲玲文文仔笑，彼个笑和喙講的話敢若無啥對同。

「就加一點仔菜爾爾，」溫醫師講，「袂去柺著啥物人囉。」

逐家伸箸去夾菜。

雲玲袂輸個的好厝邊，又閣像厝內的人。時間若到，伊家己會行來這爿的食飯桌，食煞就家己行轉去伊彼爿。敢若啥代都無發生，敢若伊毋捌離開遮。私底下，瑪莉共溫醫師埋怨。

雲玲若是在場，瑪莉的話就無遐濟，嘛無啥講家己的代誌。雲玲足晏才真正熟似瑪莉，知影個後頭厝徛一

間工廠做水管，產品攏外銷去日本美國。一个醫師一个千金，逐家攏講個門當戶對，阿源公歡喜甲。

普通時仔，來溫醫師和瑪莉遮行踏的人就真少，個佇厝裡粒積錢銀、積粒年歲。若是有代誌欲參詳，嘛罕得請朋友來厝裡食飯，攏去市場邊空地仔彼鐵厝的餐廳，食意大利麵佮火鍋，滋味和市內的一模一樣。

只要雲玲佇咧，厝裡才鬧熱會起來。這个時陣，阿顯飯食飽啉果汁袂予瑪莉禁止，溫醫師也直直講袂停。伊親像咧教課的教授，阿顯和雲玲是學生仔，瑪莉佇邊仔贊喙。

「我今仔日有看報紙……」，瑪莉踏話頭。

「我也看矣，報紙頂講有科學家做複製羊出來。個就按呢變一隻羊仔出來。」

「毋免……毋免……彼號……，就有性命。你講這敢有可能？」

「當然有可能，有可能的代誌真濟閣！」

做一个專業的醫師，溫醫師解說精子佮卵子，卵子內面有細胞核。科學家按怎共細胞核抽出來，和精子結做伙，就會當做成全新的性命。彼站仔，電視攏咧放送

這件大代誌。

「恁爸爸真厲害乎？你就拍拚讀冊，大漢了後嘛會遮厲害。」

瑪莉總是按呢對阿顯講。

「我聽無爸爸咧講啥。」

「等你大漢就聽有矣啦。」瑪莉像大部分做老母的人按呢，回答伊的囝仔。

紲落來，個就咧參詳欲予阿顯去佗一間補習班較妥當。這時陣，雲玲大姑會跳出來講話。

「你敢知，大樹彼爿有一个牧場，內底嘛飼真濟羊仔？綿羊、山羊攏有，另日，咱來去看覓咧，阿顯就會較了解羊仔的代誌囉。」

有影是蹛過市內，捌佇外口走從，雲玲大姑定定講一寡趣味的消息。

「敢有按呢的所在？」溫醫師講，「敢是佇goo-lú-huh[16]球埕彼箍圍仔？」

「差不多，閣較倚內山一點。以早歇假時，有去遐耍過，拄著阿鳴個查某囝，伊佇遐顧口收門票。」

「一个查某囡仔敢去牧場上班喔？」溫醫師講。

「恁會使去行行咧，遛閣有跙流籠[17]會當耍。」

「我無遛爾好的福氣，厝內的家事就做袂完矣！」瑪莉共應。

其他的時間，個就講一寡大人的代誌，阿顯就顧咧扒飯。「好比總統一人一票，按呢選敢好？想看覓，青盲牛[18]的票和咱的票全款，攏是一票，」溫醫師講，「閣有一寡人，個就無才調，偏偏生一堆囡仔，就有誠濟票。像按呢的人，伊跙診所看蓋濟。」

瑪莉恬恬仔聽，伊真歡喜會當嫁予一个有主見的查埔人，講一寡伊以早無想過的代誌。假使干焦伊和溫醫師兩人，溫醫師一、二十分就會擋恬，講到尾仔袂輸咧和家己講話。雲玲若仔咧發表意見，和溫醫師做對手，會予伊愈喋[19]愈有話。

雲玲認為若是國大代表來選彼風險足大的，公正平棒（pênn-pāng）是無的確。

溫醫師講台灣無比國外，民智猶未開化，猶是儉一寡仔錢，移民去美國較好。伊足濟同學攏移民矣，美國、紐西蘭、澳洲攏有。有的是後生查某囝先搬出去，一个人留踮台灣看診。毋過像伊這款的草地醫生，欲離

開是真偓。

　　溫醫師險險停袂落來，瑪莉提醒伊差不多愛出門矣。伊共膨椅頂的條紋siat-tsuh穿予好，撨ne-kut-tái，駛伊彼台老免鑢（bián-lù，賓士）。伊就愛駛十五分鐘去五公里遠的漁村看診。遐的市街比舊街閣較細，人嘛較少，但是伊診所的生理好甲愛等半點鐘。

　　診所是阿源公和瑪莉後頭厝同齊出錢的。彼時溫醫師想欲佇舊街遮開，毋過舊街都有兩三間前輩開的診所矣，驚病人欲看攏去老根節遐。參詳半晡，阿源公提議去隔壁的漁村，遠是遠，較無遐拚。對溫醫師來講嘛較輕可，病看煞鐵門捘[20]落來，就會當離開，袂半路予人認出來問這問彼。

　　這台老免鑢離開舊街，雲玲講欲留落來鬥收碗盤。瑪莉當然先客氣講：「大姊免勞煩，我來就好，我來就好。」

　　雲玲無因為按呢就來離開水槽，猶是佮（kap）瑪莉挾佇水道頭頭前，雙手浸佇洗碗精內底。

　　水槽實在無夠兩个人挾，瑪莉姑不將坦敧身[21]。

　　「彼日我捀飯去予阿爸，阿爸講會當替你揣頭

路。」瑪莉講的就是阿源公。

「免啦，免啦。我無愛伊鬥相共。」雲玲用指頭仔大力攄碗。

「爸講，攏過遐久矣……」

「敢是？」

「我嘛是聽伊講的囉，無講蓋濟。這馬伊好意欲來共你牽成。」

「我家己會去揣啦，問人、看報紙、去農會看告示。」

「咱遮頭路無好允，去市內較有機會。」

瑪莉後頭厝有一間工場閣留踮庄內。若需要會當安一个缺，真濟親情就按呢入去做幾若冬。毋過這件代誌伊毋捌提起。

「閣揣看覓，今無按算去市內。」

「一直蹛遮敢袂無議無量？有時仔我也強欲起痟矣。」

「想欲閣試一站仔，若有工課，欠恁的厝稅[22]就會用得按月還。」

「啥物厝稅，家己人毋免啦……」

「隔壁彼間，本底是欲留予小弟的，敢毋是？猶是愛算啦。」

「毋免毋免，你按呢會害阮予人講話啦。」

阿顯聽著灶跤內傳來的碗盤聲，伊向望彼聲永遠就莫停。停落來了後，雲玲就會轉去，伊就會hông送去補習班矣。

好佳哉雲玲猶一直蹛隔壁，不時拈一寡迌迌物仔予阿顯。

無人問雲玲這幾冬是咧創啥，恬恬仔允伊蹛遮。佇遮食飯、睏晝、落眠床，佇遮騎跤踏車上街，上省道邊仔的銀行佮郵局。這幾十冬的時間，並無對遮造成傷濟改變，雲玲適應了誠好，予人想無當初，伊為何欲離開。

日時就賰瑪莉和伊，隔一堵壁，瑪莉加減好玄伊咧創啥。瑪莉有時假做是去外口沃花掃塗跤，有時咧等糞埽車，順紲看雲玲的跤踏車有佇咧無。瑪莉就按呢，共雲玲一日的活動鬥出來矣。

逐工，伊差不多七點半起來，早時仔食飯飽無偌久，雲玲就會出門。出門進前，伊會先檢查批桶[23]有物

件抑無。雲玲便若出去就是一晡，轉來會紮一堆紙筆雜誌報紙，坐起去桌頂寫字。

寫字時，伊面路仔[24]的影會特別深，手蹄仔[25]的影共字的出路攏鬥咧。佇光線入無夠的厝內寫字，伊是無要緊。一直到郵局欲關門矣，伊才揤一疊物仔出來，有大件的牛皮紙袋仔，嘛有細件的白色批囊[26]，橐袋仔貯零角仔，khing-khing-khong-khong騎跤踏車出去。

瑪莉相信這是暫時的，忍一時仔就好。阿顥讀小學了後，瑪莉的任務就賰煮畫予大官阿源公食。退休傷久矣，阿源公無愛出門，原底閣會佮老伴去公園行行咧，和仝沿--的開講話仙。牽手過身了後，伊上濟就踏到門跤口，雙跤就一日一日焦瘦落來。

阿源公定定咧怨嘆日子賰無濟，早知就莫遐早退休。教數學的陳老師，退休無五冬就致癌走矣。人退休，生活無目標，身體就會虛荏[27]去。閣食嘛無偌久，賰這个新婦對伊上好，好佳哉，當時堅持欲娶這範--的入門。

「爸，你莫按呢講。你閣會當做真濟代誌。」

「閣會當做啥？後生tsáu-kiánn就蹛隔壁，攏無咧

過來。代誌較做嘛無趣味。」

「爸，今仔日這有好食無？」

「是有較洘[28]淡薄。」

「食健康的，你的先生仔囝特別交代的。」

「敢是？」

溫醫師確實叮嚀瑪莉，中晝頓油愛斂咧、鹽著減，塗豆、蔥仔這款對肝可能有敗害的上好莫摻。

「伊有影是真無閒，顛倒是大姊……」

後來瑪莉才知影個袂合是親事的關係。故事誠成八點檔，雲玲因為無滿意序大的安排來變面[29]。看雲玲彼號款，掠準伊無嫁翁過。因為這小寡代誌就和老爸變面，鬧十外冬矣毋見面，瑪莉是無法度理解，按呢是共有孝這道理园佗位去咧？

查某老矣無嫁，定定hőng號做老姑婆。像雲玲出外十幾冬，轉來猶是獨身一人的，特別符合這款名號。村民攏笑伊是守跮厝裡生菇，連阿源公嘛放棄這个毋成查某囝矣。孫仔阿顯都讀小學矣，雲玲這个做阿姑的，一點仔嘛無欲來完成。

阿顯讀的是庄仔內唯一的小學，日本人來的時就已

經有矣。阿源公、溫醫師攏是彼間小學畢業的。運動埕
較早是墓仔刑場的傳說繼續咧湠，聽講落雨了後塗跤會
浮棺材印出來。

下課時間，學生仔攏走去運動埕拍球矣，阿顥留踮
教室，看賰落來的兩三个同學咧耍尪仔標。

「阿顥！阿顥！」伊聽人咧叫伊。

「啥物代誌？」

「阿顥恁媽媽啦！」

「啥物阮媽媽啦？」

「阿顥仔恁媽媽來揣你啦，你敢是閣袂記柴作業簿
仔？」

「無啊，我無敲予伊啦。」

「但是恁媽媽來矣咧，就佇教室後壁。」

「就佇教室後壁？」

「就佇教室後壁。」

一紅一白兩片尪仔標掉足倚--的，咧欲分輸贏矣。
個耍的尪仔標是塑膠做的，有「七龍珠」、「抱去摸
（寶可夢）」的形款，這改贏的人，會當共頂斗平手的
尪仔標總捎去。阿顥毋甘共目睭對塗跤來徙開。

伊那行出教室，那詼想共規橐的鬥片（tàu-phìnn）贏過手。

「阿姑！」伊歡喜甲用喝的。

落尾，同學攏知影伊有一个阿姑，捷捷來學校揣伊。雲玲送阿顯雞卵糕、鳥仔蛋、há-tok（熱狗），閣有一橐一橐的尪仔標。點心食完是無影跡，尪仔物返濟煞真偓藏。學期結束了後，阿顯共彼全貯佇塑膠橐仔內，藏佇房間。煞佇瑪莉摒掃時去予僥[30]著。

溫醫師和瑪莉佇灶跤大細聲，三連棟貼遐倚，阿源公毋是無聽著，只是無想欲加講啥。

三連棟門跤口停一台休旅車，除了彼台舊免擋的，真罕得有其他的車停遮。車窗的玻璃倒照舊街的電火柱和三連棟的外牆。亭仔跤予幾坩新買的指甲花隔開，空心磚仔頂面開水紅仔色的花蕊，劃明顯的界線出來。

衫仔褲澹漉漉hőng抨甲規客廳。瑪莉共洗衫機內的物件全抔抔[31]出來，長褲佇塗跤磚仔曲跤，連溫醫師的siat-tsuh嘛雙手展開。

「你是咧大聲啥？」

「我這馬是咧溝通。」

「溝通就溝通，共厝內舞甲遮亂創啥？」

「我是欲予你看斟酌，平常時仔我做偌濟代誌。你這个無路用的查埔人，一間厝囥遮，飯我咧煮，恁老爸仔我咧顧。」

「原本就是按呢敢毋是？你扞厝內，我擔工課。我工課嘛忝甲，你是咧哼啥？」

「恁兜的查某囝就是較好命，別人的查某囝就是下跤手人。」

「大姊轉來只是暫時的。」

「一個月兩個月過去，我吞忍，我無話講。這馬是幾若冬過去矣。」

「閣再按怎講，伊本底就是咱厝內人啊。」

「平平是厝內人，伊啥物攏免做，免奉待序大。這馬連我管阿顯伊嘛有意見。」

「伊是對囡仔好啦。伊家己無生，想欲較親爾爾。」

「親？我驚伊這款人會影響咱阿顯。」

「啥款的人？」

「無體無統、不答不七[32]的人。」

「你是捌啥？你憑啥講這號話？」

「毋是干焦恁兜的查某囝會當喝走就走，欲轉來就
轉來。」

門口的車就按呢走矣，溫醫師攄佇膨椅頂大心
氣33。等到天色漸漸暗落來，伊才想著愛去接阿顯。欲
去的半路頂，順紲去包兩粒便當。

阿源公有共溫醫師教示，毋通予查某人佇外口碏碏
傱，這改準煞，後擺毋通。

到這時，溫醫師才知影瑪莉有偌爾仔重要。伊愛送
阿顯去學校、顧診所、攢物件予阿源公食，下課閣愛接
補習，伊根本就行袂開跤。

敲電話轉去瑪莉的後頭厝，是丈人爸接的，伊留話
講會好好照顧阿顯，向望伊氣消矣就緊轉來，囡仔無老
母誠毋好。

溫醫師無予瑪莉知影，一寡代誌就麻煩雲玲去做。
雲玲毋但閣較捷去學校看阿顯，逐工上課下課變做伊咧
送。阿顯照常讀冊，並無hông放揀的感覺。

溫醫師希望莫去影響著阿顯。伊讀高年級矣，溫醫
師愛伊成績拚較好咧，上好保持佇頭前三名，才會當讀

好的高中、好的醫學院，以後共診所接落來。溫醫師共阿顯開破，媽媽去外口迢迌遊覽，幾禮拜了後就會轉來。佇媽媽轉來進前，愛乖乖聽爸爸佮大姑的話。

正中晝，雲玲手搢便當篋仔，對三連棟的一爿行去另外彼爿。因為隔幾若跤花坩仔[34]，伊無法度按亭仔跤過，著愛行佇咧馬路頂，送去阿源公遐。

阿源公牢佇膨椅內面，規日唸講家己食無偌久矣，一日仔一日仔落來，看起來確實有加較臭老。

雲玲無捔門，直接共門挓開。鐵門窗生鉎[35]矣，挓開時門斗吱吱叫，共咧盹龜的阿源公吵精神。阿源公的面加濟濟老人斑，喙齒中央有空塌落去。

「囥遐就會用的矣」，塌落的空勾勾仔吐一句話，「你若無想欲入來，就莫入來，無要緊，莫閣講是我逼你的。」

幾十年矣，出喙的頭句，猶是無好話。

「莫講彼啥物欲逼毋逼的。」

雲玲褪赤跤[36]行入去，無去穿櫥仔頂的淺拖仔[37]。伊行入去灶跤，共便當直接下佇桌仔頂。便當篋仔掀開，是一塊炕肉，下底沿貯菜頭排骨湯，攏是阿源公上

愛食的，看起來雲玲會記的代誌猶閣誠濟。

「加食寡！」

阿源無隨入去灶跤，佇膨椅頂戀神一觸久仔。

「緊入來食！話講遐濟也無路用。」雲玲共碗盤攏
迒予好。

「食甲這號歲，不敢傷向望，有通食就是福氣」，
阿源公那行那講，「越頭來看，攏全款。」

「無，無全款。」

雲玲看阿源公上桌，就共便當橐仔拗做四角收起
來。

「你欲走矣喔？」

「我明仔載會閣來。」

因為雲玲大姑愛去送飯，若是學校上課上半工，阿
顥就愛佇圍牆邊等。牆仔邊種的是菩提樹，樹枝粗甲若
樓仔厝的柱仔，葉仔細片細片吊佇樹頂，無啥蔭通覕。
庄跤所在，同學緊緊就hőng載走矣，逐家蹛離學校無
蓋遠，有寡同學是怙[38]行的轉去，無人通陪伊開講。

有幾若遍，日頭愈跙愈懸，共樹蔭全變無去。阿顯總算數念[39]媽媽矣。彼日下晡，規條塗石路仔頂，阿顯無蔭通覕，就開始算看石頭仔有幾粒，予時間過較緊咧。

遠遠行來一个人，兩條烏褲管、無皺痕的白siat-tsuh，人影像紙牌仔遐薄。彼个影佇正中晝的燒氣內底捘[40]咧捘咧，有成溫醫師，阿顯險險仔叫伊阿爸。人影面頂的烏影就予日頭沓沓仔溶去，變成雲玲大姑。

「我無愛轉去。」，就算雲玲為晏[41]到會失禮，阿顯猶是咧發性地。

「你敢袂枵？」

「袂枵。」阿顯目頭結絪絪。

阿顯上雲玲的機車後座，短短的雙跤綴機車來加速佮踏擋，佇半空中幌。機車無行舊街過去，個顛倒向愈來愈闊的田洋遐去。一段時間了後，阿顯的雙跤就在在掛佇機車兩片，機車行佇規條路干焦公車站牌的馬路，無半粒青紅燈。

「咱欲去佗位？」伊對風大聲喝。

「去耍、去耍」，雲玲喝轉去，「莫共別人講

喔。」

雲玲捌佇市內蹛過，欲焉伊去佗位，阿顥是袂煩惱。阿顥的腹肚其實已經空矣，伊共雲玲討飲料啉。雲玲注意著阿顥的面懊嘟嘟[42]，毋知啥代予伊無歡喜。

「敢是考試考了無好？」

「無。」

「抑是你枵矣？」

「猶未。」

雲玲繼續來行，向人愈來愈少的所在去，一半時仔才會拄著幾間舊漚的低厝仔。行過一塊發草的墓仔地時，雲玲共油門催落，予個行較緊咧。雲玲看著照後鏡內面，阿顥目睭瞌瞌，面勼做一丸。

個停佇產業公路路堘，空氣中有雞屎的味。有一排人遐懸的圍籬仔袸佇頭前，看袂出來內底面有啥物。佇咧袸機車中揳的時，雲玲發見手麻去矣。

「遮是佗位？」

「遮是牧場，真好耍喔，入去看覓一下。」

阿顥跳落來，雲玲提醒伊莫予煙筒管焐著，機車騎遮遠是有較燒。

　　雲玲和阿顥同齊行向鐵皮搭的買票亭。穿白siat-tsuh的雲玲袂輸賣保險的業務，牽一个鼻仔凹[43]凹的囡仔，和伊的鼻仔全款。全家族仔鼻仔攏嘛按呢，溫醫師的鼻凹甲特別明顯。雲玲若是有囡仔，凡勢嘛會成阿顥。

　　「咱來轉好無？我腹肚枵矣。」

　　「這个牧場足好耍的呢。」

　　「我都來過矣。」

　　「彼爿有放映室，敢欲入去看？會搬一寡海翁、海豬仔、恐龍的故事，來去好無？」

　　「無愛。」

　　「閣有標本室，內底有真濟蝴蝶、鹿角龜。」

　　「我驚蝴蝶。」

　　「查埔囡仔哪會驚蝴蝶咧？若無，去跙落崎，好無？」

　　「跙彼傷危險啊啦。」

　　雲玲徛佇沒啥人的路面，佮阿顥挈[44]來挈去。囡仔總是掠做家己並hŏng看著的較熟，這个囡仔就閣較諏古。一般若是家己的囡仔，按呢挈，掠準就失去耐性

矣，毋過雲玲一點仔嘛無受氣。

「敢是佇學校去hông欺負？」

阿顯無講話。

「誰（siáng）欺負你，共大姑講。」

阿顯繼續徛佇遐，金金看雲玲。

有幾个囝仔知影伊攏佇菩提樹跤等接送，孽孽就去共阿顯創治。雲玲去學校傷捷，早時仔送「漢堡」，下課送「甜甜圈」，囝仔人看有這个大姑是無全款，不時共伊恥笑。有一改伊對個大聲喝，聲煞破去，聲音變甲足尖的，予個笑甲閣較大聲。阿顯坐佇路邊咧等的時，感覺尻脊骿去予人濁（kō）沙仔，伊猶原坐踮遐無振動，嘛無越頭去共看。

雲玲閣按怎問，阿顯一句仔也無回。

「我早就知影你咧舞啥貨，遮个代誌我嘛拄過，我知影啊！」雲玲跍落來，頭和阿顯平懸。

「阿姑，你對我傷好矣啦。」伊總算開喙講話，「真緊，阮媽媽就會轉來，你嘛知影……，你莫傷捷去學校揣我。」

雲玲一時仔講袂出話，恬恬看阿顯。

「紲落來，咱去佗位？」

「咱轉去好啦！」

「好，咱來轉，我腹肚若枵，半路看有啥通食。」

阿顥無啥會記得彼頓飯的滋味。印象中，個佇一間無人客的土雞仔城停落來。餐廳內面姘彼款請人客的紅色圓桌仔，閣有頓牡丹花的塑膠布，一對雙喜佇菜單邊仔咧盤。

雲玲大姑趁阿顥去便所的時，就共菜點好。甕仔雞湯佔桌仔面一半去，冷盤、鹹酥的相連紲捀來。無一時仔，菜就食甲差不多矣，桌仔頂的骨頭，大部分是阿顥吮的。伊最近睏精神時跤會痛，雲玲大姑講伊是當咧轉大人。毋過，兩人猶是食袂完，雲玲無像平常時共菜尾包轉去，直接就去納錢。

後來是溫醫師開車去後頭厝載瑪莉轉來的。瑪莉 hông 請轉來了後，雲玲猶原逐日捾飯篋仔，對三連棟的一爿行到另外一爿，囥佇阿源公的桌頂。若是煮湯，有時無注意會泏[45]出來，舞甲雲玲家己的衫嘛澹去。

後來，雲玲規氣佇阿源公遐煮，十幾冬無人用的
gá-suh爐又閣來夏（khiat）。阿源公只要坐佇遐等，
就會有菜自動送來。炒花枝、煎黃魚、滷雞腿，攏是開
脾的菜，飯一碗接一碗。雲玲看老大人共砸仔攏清完，
心內真滿足，洗碗洗了才安心行轉去。

阿顯見若去隔壁，就會看著雲玲大姑的物件是愈囥
愈濟。雜誌、尪仔，閣有厝邊送的禮盒，衫褲滿滿是，
連貯物件的塑膠橐仔也毋甘擲。有阿顯鬥跤手，雲玲才
願意共衫仔褲园起去樓頂的衫櫥仔。物件傷濟搬袂走，
大姑蹛落毋走矣。

阿顯就慣勢和雲玲大姑做厝邊，只是袂閣鬥陣食飯
矣。溫醫師逐日猶原講一寡大人的代誌，電視頂的綁票
案、愈來愈穤的治安，人啊無像古早農業社會遐爾單
純，會互相鬥相共、會吞忍。

有一站仔電視新聞報囡仔咧較車[46]，濟濟人暗時仔
出門若揹皮包、掛金手指，會予遐的囡仔搶去。個兩人
一組，一个人騎車刁工對受害者身邊過，一人坐後壁，
手伸出去就去揹值錢的物件。若是弓牢咧，一時剝袂
去，刀攑咧直接就刺落去。

「恐怖喔！」瑪莉喝咻，遮的人好跤好手，毋去食頭路，僥倖[47]喔，按呢共人搶，天地是顛倒反啦。伊講伊暗時毋敢閣出門矣。

讀到中學，學校開始有電腦課，阿顯嘛想欲買一台。瑪莉和溫醫師毋知影，是按怎愛開錢買這號貴參參[48]的機仔，討論個外月。對某一日開始，阿顯就聽有大人講的話矣，伊假做恬恬無想欲和個濫。

雲玲有時仔會叫阿顯去伊遐。伊講換電火、釘枋仔這款代誌伊做袂來，著愛查埔囡仔共鬥用，就來請阿顯去。阿顯知影代誌毋是按呢，阿姑會當一个人去足遠的所在，應該嘛會曉蹈a-lú-mih梯。

雲玲的房間內有舊報紙、過期雜誌、歹去的細台冰箱，物件已經疊甲無位园矣。毋管阿顯較按怎共講，雲玲總是講物件總有一工會用著，逐項攏有伊的路用。物件修理好勢了後，雲玲會共阿顯閣捆[49]一兩點鐘，講伊家己按怎hông欺負、最近拄著啥物啥物歹代。嘛共阿顯講莫閣和爸母冤家，著愛好好聽個的話，認真讀冊，莫規工想欲耍電腦。

「你按呢無好喔，莫總是感覺家己足厲害的。」雲

玲大姑講。

頭先阿顥會來掰會，共解釋講電腦通做真濟代誌。伊真興這款機仔，佇電腦內底，伊會當奕耍（ī-sńg），會當寫作業。所以伊想欲翻頭過來學按怎操作、建造這款鐵箱仔。

「我欲先來走，有閒才來遮食飯。」路尾，阿顥攏用這句話來收煞，予雲玲恬落來。

和真濟少年人全款，阿顥先到附近的城市讀高中，尾後就去台北讀大學。溫醫師的錢，有夠予伊佇台北過好日子，稅大間房間，想欲食啥就食啥。毋過阿顥並無順溫醫師的意，去讀醫科接手厝裡的事業。

阿顥憑家己拍散工的收入，生活猶會得過。伊罕得坐車轉去。佇都市內面，伊無閒來接案、做專題，不時仔愛去交流會、研討會，伊感覺無必要閣去管發生佇遠兜的小事。

雲玲大姑想著就會和伊聯絡，傳一寡訊息共關心，問伊有欲轉去無。有時陣講欲上北去揣朋友，看順紲欲做伙食飯無。阿顥干焦共這訊息囥咧，無特別共應。

　　阿源公中風破病矣，病情比溫醫師的料想的閣較穗。瑪莉敲電話予阿顯，雲玲大姑嘛傳訊息共講。佇訊息內底，雲玲大姑講伊搪便當過去的時，看著阿源公倒佇椅仔頂，趕緊去叫救護車，毋過到病院時已經過半點鐘矣。

　　阿顯有淡薄仔煩惱。人攏按呢講，厝裡便若有人破病，就無法度規心讀冊矣。

　　舊街的麭店收起來矣，下晡三點袂閣有芳貢貢--的烘好矣，予街仔燒烙的氣味滿滿是。吹入三連棟的風清清，無溫度嘛無味。溫醫師講既然逐家攏佇咧，規氣做伙食飯，食飽就開車去病院看阿源公。

　　瑪莉到市場共菜買好，雲玲就去灶跤鬥相共，兩人挾佇水槽頭前。雲玲穿T恤、長褲閣一雙淺拖仔，看起來是真清閒。伊用一肢手攑鼎[50]，小促[51]一下，予瑪莉有位好來切菜。瑪莉講伊傷久無煮飯矣，蒂頭切甲歪膏揤斜[52]，就放予雲玲扞鼎灶。

　　水道頭的水一直開咧，雲玲擦[53]鼎、洗菜、清碗，動作接紲落去。鍋仔內水貯予滿，就隨囥起去火爐頂，另外一塊鼎閣咧炒菜。瑪莉退去櫥仔邊，看雲玲共蔥仔

蒜頭擲入去鼎內。

「大姊，我先來共肉燙燙咧。」

「免矣，直接炒無要緊。你是佇市場較內底彼擔買的乎？」

「對。」

「彼擔閣袂穤，免燙啦。」

「阿爸講你愈來愈勢煮，我嘛誠想欲食看覓。這過（kuè）阿顯轉來，伊一定會恰意，伊佇北部毋知烏白咧食啥啦。」

「無啦！逐日煮，逐日煮，攏嘛會熟手。」

「大姊，我看你平常時煮予爸的菜……」瑪莉換一个手勢，雙手踮胸前拍叉仔。

「嘿？」

「……攏是醬滷的、油煎的，肉啊魚啊逐項攏來。」

「好食嘛，老大人會食較濟。」

「但是你敢知伊心臟無好？」

「知是知，毋過遮攏伊愛食的。就這號年歲矣，閣有啥通享受的？」

「敢按呢？我感覺是健康較要緊咧。」

　　瑪莉共煮好的菜捀出去，溫醫師和阿顥早就坐好勢矣。個等雲玲共抽油煙機關起來，才來攑箸。

　　雲玲全款坐佇阿顥邊仔，共瑪莉和雲玲隔開。個若是欲討論阿源公紲落來照顧的代誌，就愛頭圇（lun）出來講話。個有倩一个人顧，逐月日愛開兩萬外箍。瑪莉認為阿源公遮爾濟後生查某囝，應該愛予其他人納。這段時間，攏是雲玲咧煮飯予序大人食，菜錢是溫醫師出，破病是溫醫師載阿源公去病院，著愛換人盡孝心。

　　食飯飽，兩个查某人拭桌仔，阿顥鬥捀碗去洗。瑪莉呵咾伊大漢矣真捌代誌，會主動鬥跤手。瑪莉早就共指頭仔滒著的浮油洗予離，轉去房間打扮。

　　瑪莉愛逐家等伊一下，化妝毋是簡單兩三下就會當解決的。伊的目眉著愛用眉筆來補，若無，看起來就敢若無目眉。雲玲手一下比，暗示阿顥過去伊遐，若像細漢的時偷偷仔買糖含仔予阿顥。

　　雲玲牴阿顥迒過亭仔跤的花坩仔，入去伊厝內。阿顥綴佇後壁，相著雲玲大姑的後擴[54]現肉色，頭毛定著是落甲。

　　「我有物件欲予你。」

　　伊就做伊行，嘛無越頭看阿顯。雲玲的厝內是囥甲滿滿是，脫線的藤椅、減幾塊葉仔的電風、欠一支跤的茶桌仔。雜誌、迢迢物仔猶佇咧，煞攏卡一沿塊埃[55]。有寡冊下踮塗跤，欲過若親像咧踏石頭過溪溝。雲玲跤按呢迣來迣去，焦阿顯去跙樓梯。

　　「阿顯你真正大漢矣呢，以早才到我的腰爾爾，這馬我看你都並我懸閣 。」

　　雲玲行入去房間，阿顯無隨綴入去，人就徛踮門邊仔咧等。雲玲對衫櫥仔內揖一跤一跤的皮箱出來，拖到外面拍開予阿顯看。

　　「這我以前買的siat-tsuh，攏猶是新的，後來就無閣穿矣……」

　　有的透光塑膠蓋咬足絚的，雲玲大姑扳[56]幾若下扳袂起來，阿顯就佇邊仔角鬥捒。

　　箱仔內的衫仔褲若豆腐排甲整整齊齊。

　　「……你看這號布的料身，摸起來是偌爾仔好呢。siat-tsuh這款物，閣較久嘛袂過時，攏真合穿啦。」

　　可能是因為收踮箱仔內的關係，siat-tsuh看起來全無褪色。展開來看，布面猶是新點點。阿顯伸手去摸頂

面的織痕，確實是真好的料身。

「阿姑，我真罕得穿siat-tsuh咧，我想你留咧家己用就好。」

「查埔人出社會一定會穿著siat-tsuh的，這馬無需要，以後嘛用會著。緊試穿看覓。若無人穿擲扴捅[57]是真無彩。」

「真正毋免啦，我是穿袂著，看敢欲予其他的人無。」

「閣有啥人咧？我就是特別留予你的啊。你看這種花款，你穿起來是偌爾仔好看。閣有這水色的，有影是合軀咧。」

「好看是好看，毋過若穿袂著，予我嘛是拍損[58]。看閣有其他人欲愛無。若無提去舊衫回收場，會當閣予人再利用。」

雲玲一領一領看伊的siat-tsuh，看衫仔頂面的熨線，看特別裁過的腰身。大部分是白色、米色的siat-tsuh，摻一寡較有變化的酒紅仔色、重青色，這是阿顯印象中個性抱重（phō-tāng）的大姑的色彩。伊巡過一遍，共個齊嶄嶄（tsê-tsánn-tsánn）疊轉去。

「舊衫回收？」伊頭頓一下，共箱仔崁起來，又閣�　入去衫櫥仔內底园。欲雲玲共物件擲掉有影是真難。

「你敢知阿姑以前的代誌？」

阿顯頕頭，當然嘛知。

大概佇國中的時陣，阿母瑪莉講予伊聽的。恁大姑啊，少年時就是彼號形，穿長褲，頭毛剪短短，一點仔查某款嘛無，毋管恁阿公按怎講就是講袂聽。

佇阮彼號年閣，毋遵守校規會罰足重的，恁大姑就無咧驚，照常共裙仔园一爿。畢業了後，伊著急欲去外地做工課。論真講，伊學歷無蓋懸，頭路僫揣，聽講塗水、枋模、工場攏做過。恁阿公強欲氣死，一直想欲介紹對象予伊，當然是予恁大姑拍銃。

一改煞顛倒是伊家己炁一个查埔轉來，去揣恁阿公，講欲結婚。

彼个查埔予人真憢疑，厝裡無田無地，問是咧做啥物的，應甲tih-tih-tùh-tùh，和雲玲猗做伙講袂出來是佗位怪奇。阿源公好禮仔佮個食一頓飯，了後當然是拒絕這門婚事。

你大姑擋袂牢，吼啊、鬧啊甚至喝欲自殺。我是無

親目睭看著，是恁爸爸講的。伊和彼个查埔坐車上北去
揣伯公，也就是恁阿公的大兄。個說服伯公，予伯公做
個的證婚人，共這門婚事結成。叔公論輩較懸阿公，阿
公嘛毋敢講啥。

個外月了後，阿源公才對伯公的批內底知影這婚
事。予伊閣較料想袂著的是，雲玲大姑的婚姻維持無到
一個月，兩人就離緣[59]矣。苦苦求來的婚姻竟然喝離就
離，無人知影雲玲咧想啥。自彼件代誌了後，雲玲就無
閣轉來三連棟矣。

雲玲問阿顯是按怎知影這代誌的。伊照實講，是對
個媽媽彼爿聽來的。

雲玲大姑無做補充，嘛無加講別項代。雲玲大姑傷
了解阿顯矣。

人總是會衝碰，雲玲講，無的確你以後就會捌。

「捌啥物？」

「了解做人毋通干焦顧家己，毋通看家己傷會起，
好好為厝內的人想一下。」

「無的確我以後就會了解矣。」

　　「以後較捷轉來咧，轉來愛會記得佮阿姑聯絡。敢好？」

　　阿顯無講話，行出雲玲的房間，車咧欲來矣。個坐仝台車去病院看阿源公。

　　醫生講阿源公的狀況無蓋樂觀。溫醫師和幾个兄弟姊妹佇病床邊分家伙[60]，鬧甲嘻嘻嘩嘩。

　　「我這世人做人有夠失敗。」阿源公佇病床頂唸。

　　三連棟攄甲上無好勢。若算店面三連棟有三份，包含溫醫師在內，阿源公干焦兩个後生。溫醫師和個小弟捌參詳[61]雲玲踮的彼間，看是欲共土地對分，抑是扯[62]做土地和地上權，一人一份。

　　阿源公煞來講，這間厝欲予雲玲。照理講祖厝干焦放予查埔，準欲算查某的額，嫁出去的猶有三个，按怎分都攏分袂平。這排起家厝[63]袂使賣，阿源公講，外口的城市按怎起起落落，咱厝內的人隨時攏愛有所在通轉。佇病床頂，阿源公用kih-kih-掣的手寫手尾字，愛雲玲著永遠踮踮彼間厝。

　　雲玲確實是一直踮佇遐，彼箱siat-tsuh敢直直囥佇遐，就無人知影囉。

1 シャツ：襯衫

2 半老老 puànn-ló-lāu：半老、初老、中年人。

3 粒積 liàp-tsik：儲蓄。聚積儲存。

4 透薄 thàu-pòh：稀釋。

5 清汗 tshìn-kuānn：流汗。由於恐懼、驚駭或體弱等情況而冒冷汗。

6 婦人人 hū-jîn-lâng：婦道人家、婦女。

7 必開 pit--khui：裂開。破裂、分開。

8 閉思 pì-sù：個性內向、害羞，靦腆的樣子。

9 杜伯仔 tōo-peh-á：螻蛄，蟋蟀。

10 ne-kut-tái：日語ネクタ，領帶。

11 捋頭毛 luàh thâu-mn̂g：梳頭。

12 扞 huānn：用手扶著。

13 斟酌 tsim-tsiok：注意，特別仔細專注做某事。

14 楔 seh：把東西塞進孔縫內。

15 齪嘈 tsak-tsō：打擾。常用於拜訪人家或拜訪後辭行的客套話。

16 goo-lú-huh：日語ゴルフ，高爾夫。

17 跙流籠 tshū-liû-lông：溜滑梯。

18 青盲牛 tshenn-mê-gû：文盲。指不識字的人。

19 喋 thih：愛說話、多言。

20 捼 thuah：拖、拉。

21 坦敧身 thán-khi-sin：側身。

22 厝稅 tshù-suè：房租。

23 批桶 phue-tháng：郵筒、信箱。

24 面路仔 bīn-lōo-á：臉龐、臉蛋。

25 手蹄仔 tshiú-tê-á：手掌。

26 批囊 phue-lông：信封。

27 虛荏 hi-lám：形容人的身體虛弱，沒有元氣。

28 汫 tsiánn：味道淡、不鹹。

29 變面 pìnn-bīn：翻臉。因生氣、憤怒而突然改變臉上的表情，表示
　 和對方決裂。

30 徼hiau：翻動、搜尋。

31 抔 put：把東西掃成堆再撥進容器中，此處指翻丟出來。

32 不答不七 put-tap-put-tshit：不三不四、不像樣。

33 大心氣 tuā-sim-khuì：呼吸急促，喘不過氣來。

34 花坩仔 hue-khann-á：花盆。

35 生鉎 senn-sian：生鏽。

36 褪赤跤 thǹg-tshiah-kha：打赤腳。光著腳。

37 淺拖仔 tshián-thua-á：拖鞋。

38 怙kōo：依靠、憑藉某種方式來達到目的。

39 數念 siàu-liām：想念、掛念、懷念。

40 捭 hián：搖晃。

41 晏 uànn：晚、遲。

42 懊嘟嘟 àu-tū-tū：氣嘟嘟、擺臭臉。

43 凹 nah：塌下去、凹下去。

44 拏 jû：形容人無理取鬧的樣子。

45 泏 tsuh：水或液體等因為搖動而滿溢出來。

46 較車 kà-tshia：飆車。

47 僥倖 hiau-hīng：行事不義，有負其他人，此處為驚嘆的意思。

48 貴參參 kuì-som-som：非常昂貴的。

49 挩 tau：扣住、留住。

50 鼎 tiánn：烹飪的大鍋。

51 促 tshik：縮短距離。

52 歪膏揤斜uai-ko-tshih-tshuáh：歪七扭八。歪科不正的樣子。

53 摖 tshè：磨擦、刷洗。

54 後擴 āu-khok：後腦杓。

55 坱埃 ing-ia：灰塵。

56 扳 penn：用力向某一方向拉，使固定的東西扭轉或倒下。

57 擲挕捔 tàn-hiat-kák：丟掉。

58 拍損 phah-sńg：浪費、蹧蹋。可惜、惋惜。

59 離緣 lī-iân：離婚。

60 家伙 ke-hué：指財產。

61 參詳 tsham-siông：商量、交換意見。

62 扯 tshé：截長補短、平均攤算。

63 起家厝 khí-ke-tshù：發跡之處。

路竹洪小姐
Lōo-tik Âng-sió-tsiá

透中晝。路面有輪仔印，打馬膠（tá-má-ka）路有黏幾隻胡蠅。

個鼻著塗跤的屎味，一時心適興，飛去吮，就黏佇頂頭。

「掛號--ooh，路竹洪小姐……」送批--的佇門跤口咧咻。

延平路57號。

延平路57號！

府城佮鳳山[1]半路的一個舊庄頭，孤線路兩爿的行仔口、米店䖙做伙，敢若咧排隊。作田人雖罔無濟矣，種子農藥行生理無料想的遐爾冷清，人客上門咻，頭家就隨出來，若以前全款。

規條街仔路頂，看民視的阿媽、曝衫的阿母、攑手

機仔的妹仔，攏伸頭出來，個攏是洪小姐，毋過攏毋是
批信的主人。

　　電鈴tu-tu叫，隔壁的洪二叔佇客廳寫毛筆，嘛感受
著牆仔傳過來的震動。伊是這个庄仔的里長，也是地方
的書法家，用金玉堂買來無幾箍銀的毛筆，將這个庄仔
頭的出世、結合[2]佮死亡寫落來。央請伊寫的，大部分
是國民黨的代表，欲寫啥款的字體會當事先就按（àn）
好。伊予電鈴著生驚，頓蹬[3]一時仔，又閣繼續佇報紙
頂頭做眠夢。

　　「喂……喂喂，洪小姐！」

　　洪小姐面對映像管電視，電視內底有一座紙枋搭起
來的na-khá-sih[4]（ながし，那卡西）舞台，無啥變化的
球燈慢慢仔躄。號做「東南西北」的地方台，邀請各位
鄉親父老、兄弟姊妹call in做伙來唱歌。

　　台南來的劉小姐，身穿菜市仔牡丹花布，電一部寶
島曼波虯頭毛，勻仔搖尻川花，勻仔行入去「為你來唱
歌」的布景內底。真珠被鍊佇spotlight下底閃閃爍爍，
伊被鍊小撨一下，嚨喉清清咧輕聲講話。

　　「今仔日欲來唱這條〈la-jí-ooh[5]（ラジオ，

Radio，收音機）的點歌心情〉……」黃色的正楷字按
呢寫。

　　洪小姐驚去吵著睏中晝的阿爸，捒一跤糞埽桶佇客
廳沓沓仔磨家己的指甲。紅桃仔色的夜市塑膠桶喙開
開，目睭金金看指甲麩[6]落落來。塑膠橐仔予磕著，顫
一下。

　　伊不時攑頭看螢幕，同齊振動，和劉小姐做伙幌。

　　「啊心愛的！心愛的你敢有咧聽……」電視頂，字
只是空殼仔，中央白白若飯粒仔，水紅色的胭脂唇一喙
一喙共飯吞落，咧唱無聲的歌。

　　送批--的捅鐵門，聲聲喊叫（hiàm-kiò）洪小姐的
名。規條街仔的洪小姐攏心驚膽嚇，聲音近倚，敢若拍
佇家己的曆門頂。

　　鐵門、亭仔跤、白石柱、大理石壁面，全攏恬寂
寂。一張一張的結婚相片攏是佇遮翕的。大兄、大姊、
二姊、小妹、阿弟仔，個的全家福攏掛佇正廳。洪小姐
個兜有淡薄仔家伙，祖公代有幾甲田地贌[7]予人種作，
會當予阿爸去讀日本冊。閣轉來的時，已經是新的時

代矣。佇新的時代，個踮遮起新厝。彼時起厝攏愛家己允[8]工人、叫材料，阿爸的觀念誠新，面對路彼片用玻璃門。這站時仔暗頓食了散步經過的人，會當透過玻璃門，影著洪小姐和個阿爸看的連續劇。但是現此時，郵差先生干焦會當那看洪小姐磨指甲，那佇門口三讀宣布愛到郵局招領。

歌放煞，觀眾起身拍噗仔，啪啪啪，洪小姐拄好越頭過去，看著屧[9]佇門縫的一張紙。

這馬規條街攏知影洪小姐有秘密的批信。

洪小姐躊躇無蓋久，就牽伊的五十仔出亭仔跤。伊這台五十仔是阿爸買的，原底欲來做嫁妝，自少年騎到這馬。五十仔輕可閣利便，毋免考駕照，踏黜仔[10]毋免查埔人鬥相共，籃仔有夠貯伊和阿爸兩人額的菜。除了噴漆褪色、iấn-jín[11]有較吵，外觀猶是齊齊齊，一點仔靠傷也無。

阿爸早起五點就會坐佇董事長椅仔（旋轉辦公椅）頂，佇桌仔前看公文，所以睏晝特別落眠，無聽著エンジン咧發動的聲。

洪小姐真罕得騎向火車頭去，手有淡薄仔幌，龍頭

不時拐[12]咧。伊經過老診所、金香行、棺柴店，閣有這馬賰空地仔的舊菜市，接到日本人開的彼條產業道路。紲落來到一个欲九十度的轉斡路，共方向攏舞甲規个東倒西歪，火車頭就徛佇彎路中央。

　　磨石仔塗跤枋、挑俍[13]大廳，平平的紅毛塗厝頂掛一个藍底白字的燈箱，就是一座車頭矣。兩支石柱弓開一座吸收時間的入口。這座門，洪小姐是記甲清清楚楚，頂回來坐車也是生做按呢。雖然有必巡，對伊來講是不止仔氣派。

　　已經幾十冬無坐車矣，但伊毋是無準備。自彼一日開始，伊就逐工練習，看梳妝鏡內底家己的喙唇按怎振動，會當和電視內底華語主播的喙唇全款。

　　猶是「多遠、多遠。」

　　彼一日，舊透天厝的玻璃門無關，南國的空氣袂傷冷，日頭共風烘燒了後，透過網仔門送入來。光線恬恬觼[14]佇洪小姐的裙頂，只有園仔內的弓蕉樹佇咧嗤嗤呲呲[15]。

　　塗跤出現人影，洪小姐攑頭起來，看著一个曝甲真烏的查埔。行倚一看，伊的手頭提一份報紙，揹一个踞

山用的kha-báng，漢草佇這个焦瘦的庄頭算真勇壯。

　　洪小姐開網仔門，開出一个和肩胛平闊的縫。查埔人無半分鐘久就講著重點，袂咬手、純天然、輕鬆來洗碗。洪小姐頷頭，意思是你會使繼續講落去。

　　電視無關，一條歌拄唱煞，主持人佇後壁講話若機關銃。

　　「啥物貨？」

　　彼日洪小姐穿一領牙色有領的馬球衫（polo衫），色水佮彼台五十仔全款。

　　伊對洪小姐文文仔笑，腰向落來，雙手共一跤細包的試用品抔起去。

　　「uā-káu…tsio…luah」

　　洪小姐的意思是外口足熱，請伊入來坐，食一喙仔茶。《春琴抄》內底寫，青盲的看起來若智者，臭耳的看起來若戀人。洪小姐倒退後一步，又閣向前半步，手一時仔毋知欲伸佗位去。

　　伊停一下仔，才共彼包試用的洗碗精接過來。寒天的日頭猶是會共人凌治，尤其當你行透先人的舊路，行

過田岸邊佮工場，路途無懸過一个人的影。停機車的趨崎閣有人咧曝白菜花，剝做一蕊一蕊，若天星散佇塗跤。伊行半工矣，身軀頂的洗碗精味猶是遐爾重。

查埔人對耳空後壁，共一个若螺仔殼的物件挽落來，囥佇入門的桌仔頂。

伊敢若真罕得行入去人兜，貓貓相厝內的電風、柴桌仔，共四界看予透，才停落來。

彼日洪小姐干焦用紙筆，就和推銷員講欲一點外鐘。洪小姐的筆攏是候選人分的，頂面印台灣向前行、正道理性、益國益世等等。伊共曆日[16]彼已經過去的日誌紙裂落來，佇彼寡紙的後壁面寫字，一下仔橫一下仔徛，清彩寫、亂亂問。賣這會忝未？一包偌濟錢？敢好用？是按怎遮爾貴？

推銷員講這搭的 oo-bá-sáng[17]閣真勢算，看著試用包滿面笑容，但是論著價數就歹勢，講個攏用白熊。若拄著空厝，伊就向內底叫五聲，無人應就繼續去後一戶。伊想，遮的人是毋是濟濟攏搬去外地矣，厝放佇遮無人咧蹛。

「我聽無，歹勢。」

「是按怎聽無？」

「細漢阮小弟破病。」

「小弟破病佮你有關係？」

「阮兜附近有警察，小弟無法度看醫生。」洪小姐比對窗仔外，比的所在是已經倒去的簐仔店，早就無人。

「啥物人做毋著代誌？」

「我嘛毋知。」

「破病足久了後，我偷偷偕伊去台南看醫生。」

「你老爸敢有同意？」

伊無講啥。

「為啥物毋去高雄？」

「台南較近。」

「到台南了後，我嘛發燒，仝款的病。」

這就是為啥物洪小姐下頦拄佇賣票的窗仔口，拚勢向內底講「多遠、多遠」。伊喙唇發出的聲，超出買票該當的聲量，後頭排隊的旅客也攏聽著矣，但是無人倚過來--講，我知影伊欲去佗。便若伊一句話講煞，會共

下斗勾起來，目睭透過窗仔口來看內面賣票員的喙唇。

賣票員是蹛佇庄仔尾的洪喜郎，對二十五歲考牢台鐵以來，就獨佔窗仔口到今。洪小姐感覺遐是蜘蛛洞、夜婆岫。伊先是聽著頭殼磕著石桌的聲，過來看著一蕊目睭，目尾的皺紋淺淺仔，烏仁倒照洪喜郎後壁的電火泡仔。欸，彼敢毋是洪小姐？洪喜郎是這个所在的大頭人，是真正蹛佇庄仔內的人，伊熟似遮所有的人，就算是坐一兩改火車的人嘛會認得。透早的通勤時間，伊知影誰揹南一中的ka-báng[18]、誰閣是揹雄中的，伊對個相借問，勢早、勢早。個用一寡無需要加講的話來相叫應，譬如天氣、新聞，講煞佇話尾閣加一句「你敢知影？」。遐通勤的高中生一半袂閣來遮坐車，另外一半是焄囡仔來車頭看火車，據在囡仔佇大廳拋拋走，家己坐佇塑膠椅頂盹龜，像少年等車的時全款。洪喜郎對個講：恁哪會閣佇遮。

這聲奇矣，洪小姐竟然來坐車。洪喜郎欲記落來，下班後，勻仔食柑仔蜜炒卵和排骨湯，勻仔佮個某講這件代誌。

　　排隊是愈排愈長矣。有揹菜籃仔的，嘛有穿甲巴黎巴黎（pha-lih-pha-lih）的移工。洪喜郎予踏塗跤的聲逼甲真著急。伊請洪小姐到後面小等咧，洪小姐吐一口大氣。

　　拍幾張到高雄的票了後，伊行去資料疊甲懸懸的桌仔，抽一張台灣省地圖出來。「欲去佗位！」洪喜郎的聲和洪小姐全步起來。洪小姐共眼鏡剝起來，目睭眵[19]做一條線袂輸貓仔。

　　欲去桃園。總算是聽出來矣。區間車上遠行到彰化、屏東，像這款小車頭，逐兩點鐘才有一幫莒光號。等車這段時間，洪小姐有各種理由會當翻頭倒轉去。伊共車票袋入去錢袋仔內，煞是大張票，伊驚去拗著，所以共錢袋仔提佇手頭，無去懷（kuî）佇橐袋仔。

　　車站後壁面是一間飼料場，飼料塔上無有十層樓懸，成做庄仔內的天際線。青色的鐵塔頂面印彌勒佛（bî-lik-hut）的商標，伊的耳珠仔和鼻仔平大，對來來去去的人微微仔笑。彼站，真濟人共田地改做雞牢，雞卵那生錢就那濟。毋過有雞仔的所在就有雞屎，食雞屎的胡蠅也綴咧厚--起來。少年時洪小姐佇彼臭毛毛的

時節（sî-tseh）做工課，逐季攏有無仝的漚味，毋過彼時是無閒甲袂赴吐。伊佇飼料場內拄著清波，這个名捌登記佇洪小姐的身分證頂頭。

登記了後，個躘過高雄、台中，上遠走到枋橋。個踮報紙頂面揣工課，佗位有頭路就走佗位去，稅車頭附近交通方便的販厝[20]，就按呢過四五冬。

落尾猶是轉來舊厝，細kâinn間仔[21]的厝，以早毋知是按怎攙會落阿爸、阿母佮六个兄弟姊妹，胡蠅覆佇網仔窗頂面，飽仁的喙唇不時咧振動，敢若咧哺物件，又閣敢若咧講話。伊倒佇たたみ[22]，外衫予電風吹一下掀到下頦，伊共所有的漚鬱熱（àu-ut-luảh）總放出來，鬢仔角猶有幾滴仔汗。

胡蠅走矣，洪小姐鼻著一陣臭臊味，若像真久無摒的雞牢。伊趕緊起身去便所洗手，出力鑢指頭仔。

愛小心，有時仔小弟會來。踮隔壁街仔爾爾，足近。所有的兄弟姊妹內面，就洪小姐願意揹伊去台南，彼時有寡所在猶是石仔路，過二仁溪愛上一座真崎的橋。這馬就賰個兩人留佇遮，煞是見面就相嚷。

小弟講洗碗愛先洗阿爸的，紲來洗貯菜的砸仔，

上尾洗貯湯的鼎。伊用手指（kí）這个，這个，然後彼个，喙脣的動作特別大，若像咧強調洪小姐是臭耳聾[23]。

洪小姐慣勢共全部的碗盤囥佇大鼎先浸一站仔。按呢好，按呢好，洪小姐共音量摸懸，嘛驚小弟聽袂清楚。

按呢無好，按呢無好，會破病。小弟的手指來指去，若跳街舞的少年人。洪小姐用手比家己的頭殼，用指頭仔[24]掭[25]三下，意思是頭殼phắ-tái[26]。

小弟的囡仔了解伊的性地，佇中央做調解。洪小姐攏叫伊阿寶，生做和小弟細漢時仝款烏烏矮矮。

姦姦姦（kàn）！小弟喝幾聲，共洪小姐手頭的碗盤搶過去洗。

阿爸坐佇辦公桌仔頭前看新聞，玻璃桌苴仔倒照伊的影，幾十年無變，攏是看中視。伊端正坐佇董事長椅仔頂，雙跤直直踏佇兩格磁仔磚頂，便若冤家伊就按呢面對。

15:37 洪阿麗 阮小弟閣咧吵　已讀（í-thȯk）

15:40 林榮彬 莫插伊　已讀

15:40 洪阿麗 著，莫插伊　已讀

洪小姐透早去市場經過公所，公所的告示牌仔倒爿，總是坐一个挽菜來賣的阿婆。洪小姐定定去共交關，順紲看敢有稅厝的紅單。紅單下面印厝頭家的電話，鉸做一條一條，予有興趣的人裂（liah）去。洪小姐照頂面的號碼敲，毋過，對方攏因為聽無伊咧講啥共電話掛掉。一个tsáu-lâng（查某人）無翁無頭路，去外口稅厝，也無人敢稅伊。

15:42 洪阿麗　會閣來遮未　已讀

15:44 林榮彬　彼區已經走了矣，可能袂　已讀

15:44 洪阿麗　這馬佇佗位上班　已讀

15:46 林榮彬　高雄　已讀

15:47 洪阿麗　我去過，真鬧熱，我妹妹也佇高雄上班　未讀

推銷員來過了後，伊央倩孫仔[27]阿寶替伊辦手機仔。伊出現佇小弟個兜門跤口大聲喝，阿寶，電信局！

阿寶有淡薄仔憢疑（giâu-gî），這个年閣[28]敢閣有電信局？洪小姐用五分鐘的時間穿手囊仔、掛喙罨，戴

伊茄仔色[29]的安全帽仔，用二十的時速載阿寶往雷達的方向去。孫仔掠做伊只是欲傳短訊予親情[30]朋友，替伊共網路費省落來，選一台免錢機仔。

後來洪小姐又閣來一斗，手提一張寫「LIEN」的紙條仔，這个這个，我欲這。個孫仔看一下仔才看有。

無網路，孫仔雙手展開，洪小姐問，彼是啥物？

阿寶替伊共手機仔的拍字盤改做手寫，洪小姐長長的指指[31]佇手機仔頂頭跳舞，一字仔一字仔寫。洪小姐唸袂出這寡字的音，毋過筆劃攏寫了真嫷氣。伊以早佇飼料場上班的時，捷捷會偷撥工寫紙條予其他女工，頭家看洪小姐坐佇生產線偷寫字，心內真無歡喜。猶毋過看過伊的字骨了後，頭家捌想過予伊入去辦公室鬥抄寫書信。

塗跤揉好，等風吹予焦的時，洪小姐坐佇亭仔跤看雲色變化。規日落來伊話講無幾句，這馬緊欲來加入一堆電話和聯絡人，有蹛佇隔壁的二叔、阿雀，猶有彼日來過的推銷員。

訊息：阿寶轉來路竹無 盈暗佮阿公食飯 回答

訊息：無，和同學拍球XD

訊息：**XD**這个英文啥物意思

後來伊發現「麥當勞」有網路這款物件，所以捷捷去食馬鈴薯條。遐嘛無算足偏僻，雞牢當鬧熱的時陣，閣有兩間戲院，你袂講有兩間戲院的所在是足庄跤--的。戲院後來攏倒矣，有一段期間，庄仔內囡仔無聊甲無地去。省道邊起「麥當勞」了後，遮的囡仔才閣有一个通向望的所在。

阿爸逐日下晡四點至五點去公園運動，洪小姐等阿爸的形影消失佇路尾了後，就牽伊的五十仔騎去「麥當勞」。逐擺伊拄著的工讀生攏無全，欲注文³²總是跤狂手亂。麵攤仔、肉砧³³、菜架仔的頭家攏足熟矣，早就知影伊愛啥貨。毋過「麥當勞」的少年人攏毋知「薯條」、*Cola*、「漢堡」的台語欲按怎講，知影洪小姐翻譯版本的人閣較少。半晡久了後，伊干焦點一寡細項物仔來食，洪小姐無感覺有啥物好歹勢的。

「麥當勞」冷氣有夠力，伊裘仔³⁴會加抾一領去，揀一个倚窗仔的位，像一个佇都市食頭路的女子。

15:31 林榮彬　咧做啥物？　　已讀

**15:32 洪阿麗　　唥*Cola* 我足歡喜你寫字予我　你咧
已讀**

15:33 林榮彬　　工課最近歹做　　已讀

**15:35 洪阿麗　　辛苦矣 平安（附一張蓮花圖：有山
有水才是風景 有苦有甜才是滋味）　　已讀。**

推銷員林先生講，伊大概佇四、五歲仔時，才
hőng發現耳空聽無。個媽媽是無清氣的人，也可能和
唥酒有關係。好佳哉助聽器對伊來講有路用，這是伊的
福氣。

15:59 林榮彬　　你敢有好運的代誌？　　未讀

洪小姐想誠久想袂出來。時間若到，洪小姐自動歸
位，轉去厝內。阿爸轉來的時，洪小姐當咧用搵過水的
衛生紙，跍佇戶橂[35]拭一雙紅色的皮鞋。

阿爸雙手摸掛佇領頸的面巾，行向洪小姐，想欲講
話，又閣吞落腹內。

「獅仔鐘去予人拆掉矣！」阿爸對家己講。

紅鞋仔行過真濟所在，皺痕內底牢一逝一逝的銑
（sian），洪小姐愈激力，是出愈濟白色的衛生紙麩。
洪小姐嘆一聲。

　　阿爸對批筒內提幾本獅仔會刊、市政專刊出來，攏是一寡免付郵錢的印刷品，收批人洪齊雄。這寡冊疊佇阿爸的辦公桌頂，佔正片一半較加去。退休是早就退休矣，阿爸猶是照常坐起去辦公桌，有時間就掀掀看看--咧。伊自少年就培養看雜誌的習慣，有的雜誌包甲密密，做無幾期就收矣，有的到這站仔猶會按時寄來。

　　新政府推捒新的社區計畫，開一條經費整建公園，共落漆的牆圍仔、三民主義標語攏戮[36]成塗烌。獅仔鐘是其中之一。

　　以早經過公園的人，攑頭就會看著元氣十足的長針短針，題字「日新又新」，下底落款人「洪齊雄」。

　　洪齊雄共冗去的襪仔褪掉，摺做一丸楔入去布鞋仔，行入去厝內。洪小姐猶是坐佇戶橂，欶飽氣對紅鞋欶，黏佇頂面的衛生紙纖維（siam-uî）像狗蟻，佇風中綟綟共搣牢咧。

　　阿爸歇一睏就去洗浴，洪小姐過去共布鞋仔內的襪仔球收起來。整理好勢了後，洪小姐戛火煮食。等阿爸身軀洗好，洪小姐也差不多共菜煮好矣。

　　「時間猶原真準。彼个鐘。」

　　光線將欲完全離開土地，只賰一條尾仔路頂。洪小姐面對狹狹的街仔路喝：「爸愛食藥仔。」

　　洪小姐已經共日頭的角度記起來，罕得看時間。伊咧等車的時嘛全款，毋免定定攑頭看時刻。顛倒是金金咧相佇邊仔等車的人。佇列車到站幾分鐘了後，閘門行幾个穿插[37]雜錯的人出來，紲落來，久久才行幾个落陣--的出來。洪小姐注意著車廂頂面印「ㄅㄉㄇ」的符號，煞唫袂出來。洪小姐看遐的人來來去去，感受時間當咧過。伊雄雄想著平常時這个時間愛洗衫，險險仔就欲去揣衫褲籃仔矣。

　　這時仔，伊會到阿爸的房間門口，收阿爸的襪仔、四角褲、紗仔衫。阿爸的房間袂囥衫褲籃仔，穿過的衫，一領一領掛佇門口的勾仔。閣去家己的房間內，收罩衫[38]、絲巾，做伙擲入去洗衫機。殕色的洗衫袋仔貯阿爸的物件，白的洗衫袋仔貯家己的。然後，去黃昏市仔買一寡果子，轉來拄好會赴曝衫。

　　阿爸無洗過衫，嘛無挾過洗衫機。厝內面彼台洗衫機舊矣，最近定故障。洗衫機若是紡袂行，伊就愛共蓋

掀開，伸手入去共底盤仔扳一下，閣再崁起來。這寡代誌阿爸可能就做袂來。

進前阿兄想欲叫阿爸去看醫生，申請一張「巴氏量表」，通好請印尼看護（khan-hōo），毋過阿爸猶未到遐爾嚴重的坎站。

後來倩一个號做誰……大概是妮蒂。洪小姐總是唸袂好勢，台語內面無這號音。因為阿爸猶無需要規日照顧，妮蒂大部分是咧做家務事，予洪小姐較輕鬆寡，會用得去做別項代誌。但是洪小姐總是無滿意，伊共妮蒂講幾若擺，這个，這个，彼个，彼个，共地下錢莊送的紙條寫滿，逐拜五用消毒水洗一樓塗跤、拜六洗衫、拜日清灶跤……就遮爾簡單。兩人的關係誠成新婦佮大家。洪小姐幾若擺去到路頂喝——「妮蒂，這馬轉來擛塗跤啦！」

尾仔妮蒂蹛袂牢，提早轉去印尼矣。想著厝內底無人摒掃，火車閣有一點鐘才會到，洪小姐一時仔想欲轉去掃塗跤閣再來。伊開始煩惱若是佇遮坐久，拄著熟似的人是欲按怎咧？

伊共塑膠椅頂頭的加薦仔[39]拎起來。伊無紮啥物行

李，就一个隨身的皮包佮一个加薦袋仔，袋仔內囥幾領衫，才袂看起來像咧欲離家出走。

伊行來穿堂的一面全身鏡頭前，看著鏡內的家己，穩穩當當佇兩排紅字之間。真濟老車頭攏有這款釘佇實木內的全身鏡，有人講這會當制煞[40]。行入去車頭的人先看著的是家己，兩爿寫一寡「時代考驗青年，青年創造時代」等等的標語。頂懸刻一个十二條光的徽章，徽章下底的伊的面，敢若足久無看--著的過去的家己，予伊想起讀國民學校時去遠足的打扮。

伊特別穿一軀連身的裙。平常時仔為欲較好掃塗跤，伊足罕得穿裙，也無咧打扮。伊袂感覺家己按呢歹看，袂共人吐憐涎[41]，伊佮意這款形的家己。毋過前幾日，伊才去予阿嬌姨電頭毛，是菜市仔上捷看著的彼款頭毛型，伊看起來煞成拄欲出社會的女子。

自阿母過身，小妹就袂閣紮化妝品轉來。伊請小妹這改出國炁團轉來，買しせいどう[42]的膨粉[43]。伊毋知愛啥物色才好，所以儉錢請伊買兩種款式。結果買轉來的一个傷白，一个傷重，伊就兩款做伙抹。

15:21 林榮彬　真好看　已讀

15:23 洪阿麗　我以前較好看　已讀

15:24 林榮彬　這馬嘛是　已讀

　　洪小姐徛佇遐斟酌看家己的面容，看甲出神。平常時，佇房間內照鏡，只有一葩鵝仔黃的電火通開。這馬伊是看清楚矣。頭殼額加兩逝皺痕出來，大概是因為慣勢勒（lik）目眉的款。伊若是受氣，攏袂大細聲來罵人，只是共目眉勒予絚絚，面激甲憂結結，拄著哼一下。阿爸無閒袂過來，有半疊權狀、文件愛看。阿爸行到伊面頭前，共指頭仔拄（tu）佇喙唇頭前，sh～～～～

　　這兩逝皺痕顯現時間的韻味，予穿懸領洋裝的伊，看起來像一欉靈巧瘦細（lîng-khá sán-sè）的柳樹。

　　伊本底想欲掛袚鍊，但是伊無機會行入去銀樓。舊的彼幾條鍊仔，毋知藏佗位去，伊懷疑是妮蒂偷去的，直直共嫌，妮蒂覕佇神明廳偷偷咧哭。放妮蒂走了後，厝內加較清淨，洪小姐又閣有代誌做，共伊生活的目標揣轉來矣。

　　早年，阿爸嘛想過欲共洪小姐嫁出去，看性地會較溫馴無。仝款是臭耳聾的小弟佇欲四十歲仔娶某矣，足

晏，煞猶會赴。摸保險兼做媒人（hm̂-lâng）的阿雀蹔仝一條街，捌共洪小姐做過。阿爸的要求是對方愛好跤好手、會聽會講。

想袂到，無偌久洪小姐就綴人走矣。阿雀只好推辭，按呢真僫做，若像咧賣彼青菜捌浸大水過，信用會拍歹去，猶是慢且。

洪小姐和清波一个一个城鎮向北行，所費一工一工開甲欲了矣，只好去當地的工場允頭路。洪小姐做的工課，和佇家鄉原底咧做的差不多，煞著愛忍受生菇的膨床。伊開始烏白想，阿爸敢會急欲出門揣伊，無細膩去予車捒著？猶是氣甲破病，心臟病、中風、高血壓，siáng 講會準咧？尾仔個猶是坐火車轉--來，清波仔無怪洪小姐，洪小姐只是定定想起有年歲的老爸仔，伊家己確實也定定啉燒酒。

「就算伊是臭耳聾……」阿爸講，「……我嘛欲共告。」

阿雀講「人轉來就好，天公疼戇人。」

聽著這句話，阿爸就無閣講啥。

彼遍以後，洪小姐閣鬧過一改離家出走。外地來的

投資客，佇五專邊仔起公寓（gū）稅予學生仔，洪小姐算算咧發現用津貼（tsin-thiap）去納猶有賰。簽約了後，伊共阿爸講伊欲搬出去，毋過會逐禮拜轉來阿爸遮摒掃、煮飯。阿爸問伊稅厝稅佇佗、問伊厝頭家的電話。過幾工，洪小姐共衫仔褲、家私攏收好矣，準備欲搬，厝頭家煞反悔講厝伊稅出去矣。

了後，洪小姐就安安穩穩佇舊厝蹛落來，阿母閣佇咧的時，兩人照輪的煮飯，阿母過身了後，厝內的工課就攏伊一个人咧做。伊規日攏無歇睏，除了下晡掃塗跤了後，到暗頓前的一兩點鐘。

這時，日光斜落來，電火柱仔的影徙到街仔路另外一爿，厝內免開電火嘛會當看冊寫字。伊去灶跤攑胡蠅捽仔[44]，守佇藤椅頂，共電話簿仔园佇桌頂一頁一頁來掀。伊佮意簿仔紙搝出來的味。伊分區共果子店、五金行、簐仔店佇頭殼內踅過一遍。若是發現新開的店家，伊就共電話、住址抄落來，提醒家己會當出門去看看咧。

伊閣會認真讀批筒內的廣告單仔，讀了後收佇茶桌仔下底。目睭若是看甲會澀[45]，就共單仔一張一張抽出

來拗。伊出力用指頭仔目來砌拗線，紲來反做帽仔形，
閣用指甲慢慢仔摺。廣告單仔變做若珠寶籃仔的紙糞埽
籠。遮的紙籠會當予逐家過年過節轉來的時，提來擲魚
刺、雞骨、瓜子殼。

　　若是眼著胡蠅，伊就順手共胡蠅揬仔揬出去。雞牢
和食品工場早就空去矣，煞無拆掉，可能是無人欲加開
一條錢。胡蠅就按呢留佇這个所在，停佇網仔門頂舐，
喙唇若相意愛的人，有影是米糕溜[46]。臭味綴風咧淰的
時，街仔路的家家戶戶出來關門。阿爸半暝不時聽著雞
仔咧叫，人攏講空去--的雞牢內有鬼。有的囡仔無細膩
傱入去籠仔內，沐著的臭味閣按怎洗也洗袂離。

　　有一段時間，警察像原本就生佇遐的弓蕉樹，守佇
厝外。風吹過來，窗仔頂的弓蕉樹葉起痟狂，樹影佇牆
仔頂弄來弄去。小弟佇烏影下底哭起來，阿爸愛洪小
姐用甜粿共小弟的喙窒咧，然後愛伊捀茶出去予大人[47]
食。彼時伊已經聽無矣，拄對台南的病院轉來，伊叫是
警察會離開。阿爸暫時共事務所關起來踮厝，干焦細漢
的洪小姐通出門買菜。伊揹一家伙仔的飯菜，袋仔砌甲
伊指頭仔齊麻去，這款日子有一兩冬久。

　　有手機仔了後，伊會當抑規日的輸入、取消、退出，時間簡簡單單來消磨。伊開一禮拜才學會曉傳相片予別人，尤其是林先生。毋過若是挂著大拜拜，一時無閒，洪小姐也會落交[48]幾个消息。日子愈來愈倚，洪小姐共裂落來的日誌紙一張一張收起來，砣予平平，敢若一本新的日誌。按呢逐家轉來團圓的時，伊就會當佇紙面和人開講矣。

　　伊積幾若工的「已讀不回」，林先生咧想敢會按呢就結束。

　　逐家攏轉來矣，大兄、大姊、二姊、小妹、小弟，閣有個的翁仔某仔，個的囝仔，囝仔的囝仔，逐家圍佇客廳的桌仔邊。逐家攏感覺洪小姐有帶好運，愛伊去簽彩券，買「刮刮樂」嘛愛伊揀。上細漢的幾个囝仔徛咧，歡喜甲咧趒跤，干焦負責提銀角仔刮[49]銀漆。

　　門廳摒一塊空間出來，疊桌仔扛出來，個無講話隨人倚一位，退一步、手一摸，連鞭就共桌仔展好矣。飯桌仔頂，個照輩分排好勢，袂有人徛毋著位。雖然桌仔真大，外孫煞無位，就去坐佇電視頭前。大姊吩咐眾

人切菜頭、豬肉退冰、洗菜，家己佇火爐頭前熱鼎。少年查某囡仔也入來鬥跤手，塗跤迸一盆一盆洗好的蘿菜、高麗菜、敏豆仔，灶跤賰一條狹狹的跤路。

洪小姐顛倒無位通徛，佇灶跤外口咧踅來踅去，「這個」遮，「那個」遐。伊準講是家己咧扞灶跤，綴佇阿母身軀邊看上濟年的就是伊，但是伊只會當指來指去、喝起喝倒。逐家勻仔做代誌，勻仔問「你這馬這个工課好無？」、「交女友矣未？」、「啥物時陣焄轉來行行--咧？」個只是想欲予舊透天厝加一寡聲音。

個有當著仔會問洪小姐：「彼支礦簽[50]--的囥佗去矣？」

洪小姐歡喜甲緊張緊張，趕緊行到菜櫥仔頭前。佇遮啦！喙尾翹起來笑。

大姊來炒米粉，媽的手路菜。米粉炒了真韌[51]，爸的假喙齒哺半晡才吞一喙。

「猶是媽炒的好食。」大姊講。洪小姐綴咧笑，伊攑箸指指揬揬[52]，食這好啊，食彼啊，邀請逐家來夾菜。大兄攖手，親像咧趕胡蠅。但是洪小姐猶是夾一塊肉佇伊的碗內，予伊無拒絕的機會。

今年有新的人做伙來坐桌，是二姊娶媳婦矣，洪小姐為伊貯一碗米粉配幾片烏魚子。

伊幌頭講，毋免，毋免。逐家食腥臊[53]早就食慣勢矣。洪小姐佇桌頂寫字欲和人開講，煞無人欲看伊寫的字。

13:15 洪阿麗　收著批矣　已讀

批紙內底寫的，是一寡予人會起雞母皮的話，這馬想欲踮伊身軀邊，可惜遮慢拄著伊，敢若八點檔的台詞。伊也講著公司狀況最近無蓋好，一家一家去推銷的效果有限，生活艱苦。伊決心欲離開高雄，去北部揣機會，重新開始。

收著批的洪小姐早就知影，這工緊慢會來。伊早就代先想過一遍，拍算好勢矣。騙子是袂寄批來的。洪小姐會曉讀喙唇，但伊毋知人生這兩字的意思，無法度提這來做藉口。

伊講壽山跤彼間公寓的家具攏無愛捼[54]矣，毋過oo-tóo-bái會託運到新的所在去。伊愛稅厝閣愛買家具，需要一條錢，希望洪小姐匯錢予伊了後去揣伊。批的收尾閣提醒伊，寄批人彼爿寫的就是伊徛的地址囉。

若是會當紮一寡錢來，兩三萬也好，伊會足感謝的。

13:16 洪阿麗　欲出發坐車　未讀

洪小姐一直咧想，為啥物伊猶未回覆。洪小姐捌佮運命相爭過，伊和清波坐一幫上北的列車，規條路兩人的手攏架佇手扞仔，袂感覺按呢的姿勢無蓋四序。

月台佇落南上北兩支鐵枝的中央。車頭到月台之間用圍閘擋咧，正中央開一個出入口，無機器驗票，攏是人工鉸票。彼當時，趕火車的時會當對圍閘中央的入口跳落去，量約仔半个人懸，跳落去的重力會逼你的跤拗彎。踏佇枕木（tsím-bok）頂的時，心臟總是會呮噗tsháinn，行路的時跤步欲小停一下嘛毋敢。

彼時，洪小姐的鞋後蹬踢著鐵枝路，發出鐵琴彼款的響聲。伊真驚鞋仔跟會卡佇咧石頭縫，閣較出力共陷入去的彼肢腳攑起來，另外彼跤顛倒卡甲愈絚。

經過十年，車頭加起一座迵月台的天橋，禁止旅客跳落去鐵枝路趕火車。洪小姐毋免像十年前按呢，煩惱牢佇碎石仔的縫拔袂出來，毋免為著跍起去月台，共裙仔襀起來。

　　但是洪喜郎猶是全款跳落去鐵枝路，踏石頭過，行起去月台，趁列車猶未來的時去變換號誌。有囡仔想欲綴伊按呢做，煞去予歕觱仔[55]阻止。

　　佇鐵枝路中央捅帽仔的時，洪喜郎看著洪小姐閣徛佇天橋的樓梯頂。可能是樓梯傷懸，所以佇遐小停睏一下仔。真濟人攏捌反應彼天橋做了歹跤，尤其是去市內買禮盒的oo-bá-sán。

　　洪小姐的面容和買票時無啥褶。火車入站有颺一陣風，風中有番麥粉發酵的氣味。這陣風共洪小姐的裙尾吹起來，彼是一領有抾裯[56]的雪紡（suat-hóng）。洪小姐戴一頂緙絲帶的帽仔，伊伸手去拈（liam）帽仔唇，若像咧看入站的火車，也像咧佮風相搶彼頂帽仔。

　　洪小姐的阿爸來揣洪喜郎的時，伊辯解講：「我確實是共票賣予伊，但是伊可能無坐著車。」

　　伊會記得洪小姐佇天橋頂徛一時仔，然後火車的車螺聲響起，洪喜郎行去確認月台邊無人接近。伊一直無看著洪小姐咧走，只是用手搦帽仔唇沓沓仔行。

　　洪小姐看銀色的列車無聲恬恬近倚，鐵枝咧顫，kóng-lóng-kóng-lóng，碎石仔咧顫，鐵仔縛的天橋嘛

綴咧顫。

胡蠅鼻著流汗的味，又閣過來膏膏纏。洪小姐共撲共摒走。

彼年的尾牙，伊拈鬮[57]好運，著一台底片相機，是彼時的大獎，同事的目睭發（puh）欣羨，有女工想欲用較俗淡薄仔的價數共買，伊講無愛。伊去街仔路買一捆富士牌底片，藏佇kha-báng內面。到站了後，清波叫伊徛佇剪票口，遐也無啥物特別的景緻，只是一排漆做紅毛塗色的圍閘。底片有限，無親像手機仔做你翕，洪小姐笑甲真閉思，共帽仔遛起來，雙手共帽仔揖踮腹肚頂，雙跤拍叉是真幼秀。

規个月台齊振動起來，洪小姐的雙跤佮胸坎感受著矣。袂緊也袂慢，愈來愈清楚，那來那響，有節奏。

翕相了後，清波叫伊唱一條歌，啥物歌攏好。

「火車行到咿著——」伊自然唱起來。火車對天橋下底入來矣，規个月台也全聲kóng-lóng-kóng-lóng，洪喜郎聽無旅客講話的聲，耳空內攏是kóng-lóng-kóng-lóng。準講批頂頭寫的住址是假的，就來看火車通共伊炁去佗位囉。

_____

1　鳳山 Hōng-suann：此處指「左營」，清國時期鳳山縣縣治所在地。
（曾更移多次）。

2　結合 kiat-háp：男女雙方聯姻。

3　頓蹬 tùn-tenn：暫停腳步、暫時停頓。

4　na-khá-sih：日語ながし，那卡西，源自日本的一種賣唱模式。

5　la-jí-ooh：日語ラジオ，Radio，收音機。

6　麩 phoo：碎屑、皮屑。

7　贌 pák：包、租。承租田地、交通工具等。

8　允 ín：找。

9　屧 siap：用東西塞住孔洞或間隙。

10　黜仔 thuh-á：機車中柱。

11　ián-jín：日語 エンジン，引擎。

12　拐 kuāinn：絆倒。

13　挑俍 thiau-lāng：形容建築物的空間寬敞，光線明亮。

14　麗 the：身體半躺臥，小憩。

15　呲 tshū：耳語。講悄悄話。

16　曆日 láh-jit：日曆。

17　oo-bá-sáng：日語おばさん，泛指中、老年婦女。

18　ka-báng：日語かばん，皮包。

19 眵 tshuh：形容眼睛因為看不清楚而瞇成細縫的樣子。

20 販厝 huàn-tshù：成屋。蓋好準備出售的房屋。

21 細kâinn間仔 sè-kâinn-king-á：小小的一間房間。

22 たたみ：榻榻米。

23 臭耳聾 tshàu-hīnn-lâng：耳聾。

24 指頭仔 tsíng-thâu-á：手指。

25 琢 tok：敲擊。

26 phǎ-tái：意指頭腦短路或頭腦有問題。

27 孫仔 sun-á：姪子、姪女。

28 年閣 nî-koh：年代。

29 茄仔色 kiô-á-sik：紫色。

30 親情 tshin-tsiânn：親戚。

31 指指 kí-tsáinn：食指。第二個手指頭。

32 注文 tsù-bûn：預訂、預約。

33 肉砧 bah-tiam：賣豬肉的攤子。

34 裘仔 hiû-á：外套。

35 戶橂 hōo-tīng：門檻。門下所設的橫木。

36 戮 lak：用來鑽孔的工具。

37 穿插 tshīng-tshah：穿著、打扮。

38 罩衫 tà-sann：加在衣服外面，非正式、寬鬆的外套。

39 加薦仔 ka-tsì-á：一種用藺草編成的提袋，泛指提袋。

40 制煞 tsè-suah：鎮邪。

41 吐憐涎 thòo-liân-siân：訴苦。

42 しせいどう：資生堂，化妝品的品牌。

43 膨粉 phòng-hún：早期一種化妝品，可以當作粉底或腮紅。

44 胡蠅捽仔 hô-sîn-sut-á：蒼蠅拍。

45 澀 siap：形容眼睛因長時間工作，缺乏淚液滋潤，而產生的不舒服的感覺。

46 米糕溍 bí-ko-siûnn：糾纏不清。像米糕一樣濕黏。

47 大人 tāi-jîn：日治時代老百姓對警察的稱呼。

48 落交 làu-kau：脫落、遺漏。

49 刮 khe：刮除。

50 礤簽 tshuah-tshiam：刨絲。

51 韌 jūn：柔軟而不易斷裂的性質。

52 指指揆揆 kí-kí-tuh-tuh：指指點點。

53 腥臊 tshenn-tshau：指菜色豐盛。

54 挃 tih：要、欲。

55 歕觱仔 pûnpi-á：吹哨子。

56 抾襉 khioh-kíng：打摺。一種製作衣裙的方法。

57 拈鬮 liam-khau：抽籤。

九 歌 文 庫　　1 3 6 0

祝福的意思：等路台文版

國家圖書館出版品預行編目 (CIP) 資料

祝福的意思：等路台文版 / 洪明道作． -- 初版． -- 臺
北市：九歌出版社有限公司，2021.09
　面；　公分． -- （九歌文庫；1360）
ISBN 978-986-450-360-5(平裝)

863.57　　　　　　　　　　　　　　110012191

作　　　者 —— 洪明道
審　　　訂 —— 鄭順聰
責任編輯 —— 張晶惠
創 辦 人 —— 蔡文甫
發 行 人 —— 蔡澤玉
出　　　版 —— 九歌出版社有限公司
　　　　　　　台北市 105 八德路 3 段 12 巷 57 弄 40 號
　　　　　　　電話／ 02-25776564 ‧傳真／ 02-25789205
　　　　　　　郵政劃撥／ 0112295-1

九歌文學網　www.chiuko.com.tw

印　　　刷 —— 晨捷印製股份有限公司
法律顧問 —— 龍躍天律師 ‧ 蕭雄淋律師 ‧ 董安丹律師
初　　　版 —— 2021 年 9 月
定　　　價 —— 320 元
書　　　號 —— F1360
ＩＳＢＮ —— 978-986-450-360-5 　（平裝）